Peter Rühmkorf
Auf Wiedersehen in Kenilworth

Ein Katzen-Märchen
in dreizehn Kapiteln

Mit Illustrationen
von Line Hoven

Schöffling & Co.

Erste Auflage dieser Ausgabe 2021
© Schöffling & Co. Verlagsbuchhandlung GmbH,
Frankfurt am Main 1999, 2021
© der Illustrationen
Line Hoven, Hamburg 2021
Alle Rechte vorbehalten
Satz und Lithographie: Fotosatz Amann, Memmingen
Druck & Bindung: Pustet, Regensburg
ISBN 978-3-89561-262-6

www.schoeffling.de
www.literarischer-katzenkalender.de
www.linehoven.com

Auf Wiedersehen in Kenilworth
Ein Katzen-Märchen
in dreizehn Kapiteln

Erstes Kapitel
Vor vielen vielen Jahren

Vor vielen vielen Jahren – und wenn ich sage viel, dann meine ich auch viel, ein gutes Vierteljahrhundert ist es jetzt her –, da lebte auf dem Schloß Kenilworth in England ein Kastellan mit Namen Jam McDamn nebst seiner Katze Minnie, auch Ginger genannt, denn sie hatte ein ingwerrotes Fell. Nun ist es freilich nicht so, daß wir uns unter unserem Kastellan so etwas wie einen Burgvogt vorzustellen hätten; man denkt dabei zu früh an den hochgestellten Dienstmann eines mächtigen Herren. Nein, bei normalem grauem englischem Tageslicht betrachtet war Jam McDamn nur eben ein kleiner Angestellter des städtischen Verkehrsbüros und auch das Schloß nur noch der Schatten eines Schlosses, mit viel Kunst und noch mehr Portlandzement vor dem Zusammenbrechen bewahrt und zur Besichtigung freigegeben täglich außer mittwochs zwischen 9 Uhr morgens und 18 Uhr am Abend. Touristen aus allen möglichen und vielen wirklichen Ländern hielten hier ihre kilometersüchtigen Autos an, um sich an der Standhaftigkeit einer über tausend Jahre alten Festung zu erbauen. Junge Weltenbummler aus Anaconda und Haderslev und Michipicoten und Schwaaz und Pill und Ischinomaki und Hechthausen und Himmelpforten und Hammah kletterten mit dem Efeu um die Wette an den Mauern hoch, um ihre leichtverderblichen Namen für alle Ewigkeit in den Stein zu kerben. Aber auch die Leute von Kenilworth und Stoneleigh und Canleigh und Norton Lindsey und den übrigen umliegenden Ortschaften kehrten schon gern einmal im Umkreis der kriegsbrandroten

Ruinen ein, sei es, um an den immer noch mächtigen Turmstümpfen hoch- oder in die klaftertiefen Verliese hinabzublicken, sei es, um sich Geschichten von verbiesterten Zauberern oder verzauberten Biestern anzuhören, die an diesem Ort ihr unaufgeklärtes Wesen treiben sollten. Der tollste Märchenerzähler war freilich besagter McDamn, der sich im Zusammenfabeln haarsträubender Gespenstergeschichten gar nicht genug tun konnte. Statt die Besucher, wie es sein Amt gefordert hätte, mit den Baukünsten und Regierungsgeschäften von drei Heinrichen, zwei Sigismunden und mehreren Eduards bekannt zu machen, hielt er es lieber mit den neusten Nachrichten aus der Welt der Unwirklichen, wohl meinend, daß auch die Fremden ein lebendiges Gruseln eher zu schätzen wüßten als einen Haufen ausgebleichter Notizen über längst und lieblos hingemoderte Statthalter oder Landnehmer.

Sehr gern erzählte er zum Beispiel – und erzählte gut – von jenen alljährlich im November ausgerufenen Bügelwettbewerben, wo die erlauchtesten Gespenster Mittelenglands ihre Hemdenlaken mit granitenen Leichensteinen zu glätten trachteten, zum Sieger erklärt, wer als erstes einen winterkalten Stein zur Weißglut erhitzen konnte. Auch sollten sich zur Zeit der Affodillenblüte gewisse seit Jahrhunderten zerstrittene Gespenster-Clans in Kenilworth einfinden, um ihre guten oder bösen Kräfte aneinander zu messen, der Art, daß der eine Nachtmahr den anderen umzustülpen und in sein Gegenteil zu verkehren suchte, etwa wie man einen Hasen abbalgt oder einen Handschuh wendet. Wenn man den meist mit viel vertrauenerweckender Schadenfreude vorgetragenen Geschichten Glauben schenken wollte, dann konnte solch ein von innen nach außen gekehrtes Gespenst seines wahren Wesens auf einen zauberischen Zug verlustig gehen und sich buchstäblich im Handumdrehen in den Widerspruch seiner selbst verwandeln. Aus dreisten Poltergeistern entwickelten sich beispielsweise jämmerlich verheulte Tränentüchlein, unfähig, ein heftiges Erschrecken auszulösen oder ein auch nur halbwegs eindrucksvolles Donnergrollen zu erzeugen. Schwerlastige Alpe und Huckaufe konnten ohne weiteres um ihr ganzes schönes Gewicht gebracht werden und mußten in alle Ewigkeit als flockenleichte Windweben durch die Gegend geistern. Und – Kinder, Leser, Freunde! – selbst der mächtige und seiner eigenen Schreckenswirkung eitel bewußte Nickel von Kenilworth soll auf solche verquere Art eines Nachts seines ganzen unterirdischen Zaubers beraubt und von einem herrschaftlichen Schloßgespenst zu einem geduckten Kleingeist umgewunschen worden sein. Als solcher lebte er jedenfalls in den zahlreichen Nickel-Anekdoten unseres Erzählers fort, dem es ein unnatürlich-sonderbares Behagen zu machen schien, den Geist des Hauses öffentlich herabzuwürdigen.

»Als ein possierliches Kätzchen namens Minnie einmal in unserer mitternachtsschwarzen

Ruine spazierenging, um die Mäuse im Speck zu prüfen und den Maulwürfen das Fell zu striegeln«, so oder ähnlich begann er vielleicht seine morgendliche Führungsrunde, um dann mit gräsigem Genuß zu schildern, wie ein ingwerrotes Kätzchen einen bleichen Gruselmann das Fürchten lehrte: »Das angstvolle Kreischen ist mir heute noch im Ohr, ein Kreischen wie von Kreide auf der Wandtafel.« Wovon der muntere Geisterbeschwörer nichts ahnte, und was ihm auch das Kätzchen, das es besser wußte, nicht sagen konnte, war freilich das gar nicht bloß gerüchteweise Vorhandensein eines Geistes mit dem Namen Nöck Nickel oder – ausgeschrieben – Nicholas von Kenilworth, der bleiche Folgeschatten eines vor Hunderten von Jahren verfluchten Mannes. Reichlich geschwächt zwar und durch Jahre des Unglaubens und der Aufklärung in seinem Selbstgefühl herabgemindert, aber bewegungsfähig etwa wie ein Wurm, fristete der nie ganz aus der Erinnerung Verbannte ein verquältes Dasein in den untersten Gewölbekammern des Kastells, ohnmächtig-gierig der erhofften Stunde seiner Auferstehung entgegenschnüffelnd.

Und hier müßten wir unsere Geschichte eigentlich noch einmal von vorn beginnen. Etwa so. Es war in jenen alten Zeiten, die noch gar nicht so lange her sind – denn bedenkt: wenn einer von euch nur etwa fünfmal so alt würde, wie er vielleicht wirklich wird, nämlich fünf mal achtzig Jahre; und wenn er sich nun um diese kleine Spanne Zeit in der Geschichte zurückwünschte, dann könnte er womöglich die Königin Elisabeth einmal mit eigenen Augen sehen oder dem seinerzeitigen Herrn auf Kenilworth, dem Herzog Robert Dudley, auf der Fuchsjagd begegnen –, in jenen gar nicht mehr so unvorstellbar fernen Zeiten also wirkte in Kenilworth ein grämlich vertrockneter Schloßverwalter, der sich mit seiner menschenverachtenden Hofführung bald einen bösen Namen machte. Kein Mittel war ihm zu arg, um seine rechtlosen Landarbeiter das

Goldschwitzen zu lehren, kein Weg zu krumm, um unliebsame Nebenbuhler aus dem Leben zum Tode zu befördern, und als er im Jahre 1553 unter nie ganz aufgeklärten Umständen verstarb, nahm er statt frommer Segenswünsche die Verdammungsurteile des gesamten Hofgesindes mit ins Grab. Ja, so sehr sollten sich die allgemeinen Verwünschungen am Ende zu einem wundermächtigen Bannfluch verdichten, daß der böse Zauber wirklich wurde und die Seele des Dahingeschiedenen in jenen Schwebezustand zwischen Sein und Verwesen versetzt, den man gemeinhin eine Geisterexistenz nennt.

Über die Weise, wie eine menschliche Seele in einen seelenlosen Geist verwandelt werden kann, ist auf dieser Welt schon viel herumdisputiert worden, zu viel und viel zu spitzfindig, als daß wir die gelehrten Vermutungen noch um weitere Märchen bereichern möchten. Fest steht für uns allein, daß ein Gespenst, obwohl es an seinem körperlosen Zustand leidet wie an einem Gefühl des ständigen Unbehagens oder der unaufhörlichen qualvollen Schlaflosigkeit, dennoch von seinem zweifelhaften Dasein nicht lassen kann und herumirren muß, ob es will oder nicht. Ich verrate gewiß kein Geheimnis, wenn ich weiterführend vermerke, daß ein Phantom natürlich vom Leuteerschrecken lebt und daß ihm um so mehr an dem nötigen Glaubensspiritus zufließt, als furchtempfängliche Seelen in seinen Bannkreis geraten. Was für das Schwein die Eicheln und das Schrot, für das Rindvieh das frische Frühlingsgras, für die Meise die Kohlfliege und für einen Schauspieler der Applaus, das ist für ein Gespenst gewissermaßen die Gänsehaut, die es bei seinen Anhängern hervorrufen kann, und wehe dem Oger, Widergänger, Werwolf, Grindel, Kobold oder Nöck, der wochen-, jahre- oder gar jahrzehntelang aufs Bangemachen ausgeht, ohne daß sich bei seinem Publikum das sehnsüchtig erwartete Entsetzen einstellt. Mit dem verweigerten Zusammenschaudern, dem ergebnislos geschürten Schrecken kommen unausweichlich auch die Kräfte eines Irrwisches zum Darniederliegen, bis er dahinsiecht, fadenziehend wie ein zerfallender Pilzfladen oder wie eine ans Land gespülte und zu einem blassen Film ihrer selbst hindorrende Schirmqualle. Während der Nickel in den Zeiten mörderischer Glaubenskriege gelegentlich wie ein stolz gerecktes, breit geblähtes Segel anzusehen war und noch im Anfang des siebzehnten Jahrhunderts gut und gern eines der doppelmannshohen gotischen Bogenfenster auszufüllen vermochte, war er später auf den bescheidenen Umfang einer Maikäfermade zurückgeschrumpft, um mit dem Beginn des industriellen Zeitalters ganz in einen larvenhaften Todesschlaf zu verfallen. Erst als sich in jüngeren Jahren wieder wundersüchtige Vergnügungsreisende die Fülle einfanden, die für einen wohligen Schauder ins Gebein schon gern einmal die halbe Welt umrundeten, wuchsen dem Eingepuppten neue, unerwartete Kräfte zu. Ja, so verquer und überkreuz bewegen sich die Dinge im Geisterreich, daß noch das albernste Gerücht den welken Schemen wieder aufblühen ließ und die McDamn-Geschichten, obwohl sie an ihm herumschmirgelten, dem Nickel von Kenilworth die heiß begehrte Glaubensspeise zutrugen.

Daß der Kastellan damit eine Schlange an seinem eigenen Busen nährte, blieb ihm indes verborgen. Er wußte es auch am 13. November des Jahres 1953 noch nicht, einem ziemlich unscheinbaren Tag, so grau und gewöhnlich, daß man eigentlich nur hineingähnen und die letzten Blätter an den grämlichen Trauerulmen zählen konnte, es waren pro Baum gerade zwanzig. Fröstelnd hatte der Burgwart tagsüber in seiner acht mal sechseinhalb Fuß engen Pförtnerloge gesessen und sich an einem Gasöfchen gewärmt, das ihm die knausrige Stadtverwaltung erst nach langen Beratungen zugewiesen; nur mäßig gesprächig ein paar kolonialbritannische Wickelgamaschen und zwei kuhfladenfarbene deutsche Lodenmäntel übers Gelände geführt, ohne mehr Erklärungen von sich zu geben als einen mageren Fingerzeig hier, ein halbes Kopfnicken dort; ja selbst seine alten Freunde Joanne und Johnny, die an einer unglücklichen Liebe litten und in der klassischen Dramenkulisse immer wieder ihre aussichtslosen Dialoge probten, hatte er heute nur mit einem matten Handaufheber bedacht; bis sich der frühe Abend katzengrau und nebelnaß auf das Gemäuer senkte und McDamn endlich mit seinen wirklichen Gedanken allein war. Sie galten – wie konnte es in unseren Zusammenhängen anders sein – den Unwirklichen im allgemeinen und der gewiß nicht bloß gerüchteweisen Existenz des Nickel im besonderen. Wenn man nun annahm – gut –, daß es diesen ortsansässigen Irrwisch gar nicht gab, wie aber erklärte man sich dann das so erbarmungswürdige Kreidekreischen in den Neumondsnächten und wie dieses gar nicht nur von ihm allein bemerkte Mitternachtsleuchten in der Nähe des alten Normannenkerkers? Und wo-

her rührte der von Zeit zu Zeit die ganze Schloß-
anlage widrig überlagernde Kadaverdunst, wo
eine Quelle oder etwas wie ein Austrittsort noch
niemals zu entdecken gewesen war. McDamn
blickte gedankenverloren in die blauen und
gelben Gasflämmchen, die wie unruhige Wellen-
sittiche auf ihren Stangen hin und her hüpften,
während die Ingwerkatze unvermittelt wilde
Buckel warf und ausgedachte Hexen jagte. Und
wenn es sie nun gab, beziehungsweise wenn es
wenigstens ihn hier gab, den Nickel von Kenilworth, warum verbarg er sich so tief verstockt
im Ungefähren? Soviel wußte Jam McDamn
schließlich schon von englischen Gespenstern,
daß sie sich lieber öffentlich produzierten als
von der Menschenwelt geschieden hielten. Als
Schausteller ihrer selbst waren sie angewiesen
auf den schauerlichen Eindruck, den sie in den
Gemütern der Lebendigen erweckten, und wie
man sagte, dachten sie über ihre Auftritte ganz
genau wie Bühnenkünstler: egal, was über uns
vom Himmel heruntergelogen wird, Haupt-

sache, die Leute reden. Blieb für den geistersüchtigen McDamn das quälende Problem, warum sich der Nickel seinem Impresario noch niemals deutlich zu erkennen gegeben hatte.

Der sich als der Vorsteher eines richtigen englischen Gespensterschlosses fühlte, war dennoch ein echtes Kind unseres modernen wissenschaftlichen Jahrhunderts, und deshalb wollte er beides. Der 13. November glitt bereits schwarz-in-schwarz in den 14. über, als der von einer Anwandlung ergriffene Kastellan planlos entschlossen die Haustür öffnete, das abenteuerlustig auf der Fußmatte herumkratzende Kätzchen ins Freie entließ und, eine Petroleumlampe in der linken Hand, in das unwegsame Dunkel hineinschritt. »Verdrehtes Tier«, murrte er, obwohl er schon eher sich einen verdrehten Menschen hätte nennen müssen, denn wer steigt schon in solch einer Mitternacht einer zweifelhaften Erscheinung nach?! Vorsichtig schurrend, um auf dem flutschig-feuchten Laub nicht auszugleiten, bewegte er sich über den

Estrich ehemaliger Ballsäle und Refektorien. Behutsam und kenntnisreich lavierte er sich an den allenthalben aus dem Boden ragenden Säulenstümpfen vorbei und an Probegrabungen entlang, die jäh in tiefe Gräben abfielen. Dann wieder hatte er sich in Mauerdurchbrüchen zu beugen oder hinderliches Geäst beiseite zu biegen, bis ihm auf einmal schien, als ob er ein zartes Klagen vernommen hätte. Etwas behender im Schritt, etwas achtloser die Stechginsterhecken zerteilend, bewegte er sich auf jene doppelnachtschwarze Kohlenkiste zu, die man bei Tage den Normannenkerker nannte, ein durch vier unterschiedlich stark benagte Hochkantklötze begrenztes Turmverlies, das nicht nur in alten Geschichtsbüchern, sondern auch in modernen Schauermärchen seinesgleichen sucht. Von dort her rührte jedenfalls das jammervolle Maunzen. Dorthin zog es ihn an den Wahnsinnsfäden einer ihm selbst nicht recht geheuren Wißbegierde. Und obwohl ihm nebst hundert schwer und schwerer werdenden Vernunftgründen auch noch die Ginsterdornen und der zäh anhängliche Lehm unter seinen Stiefeln zu schaffen machten, stand er doch bald mit weit ausholendem Atem vor dem Einstiegsluk, streckte das linke Bein wie einen Fühler über die kniehohe Schwelle hin, duckte den Oberkörper herab und schob den Kopf, das spannungsvoll gespitzte Ohr voran, durch die nur schulterbreite Öffnung, als ihm ganz unvermittelt die Lampe entglitt – er hätte schwören mögen: entrissen wurde! – und sein verkrümmt-verschrobener Körper in der engen Scharte steckenblieb. Im gleichen Augenblick begann ein verhuschtes Leuchten das Innere des Schlotes zu erhellen, nicht genug, um dem Auge Halt zu geben, und grad so stark, um einen flackernden Katzenschatten auszumachen.

Was weiter geschah, vollzog sich in solcher Hast und, wegen des nervösen Lichtes, unter so unsteten Sichtbedingungen, daß es auch nachträglich schwerfällt, die richtigen Farben für das seltsame Schattentheater zu finden. Den Rumpf wie zu einer demutsvollen Verbeugung nach vorn gewinkelt, die suchenden Arme beinah flehentlich vorgestreckt, erweckte der Kastellan in etwa den Eindruck eines zum Kniefall ansetzenden Bittstellers, nur daß die fatalen Umstände ihm nicht die geringste Veränderung an der unhaltbaren Position gestatteten, und kein energischer Gedanke nach vorn und keine noch so mutige Entschließung seines Willens vermochten ihn aus seiner steinernen Verankerung herauszulösen. Im Gegenteil, je dringender er sich des Alpdrucks zu entledigen trachtete, um so enger schnürten die Fesseln. Wie unerbittlich er immer an den eigenen Gliedern zerrte und mit welch angestrengter Gewalt er seinen eingezwängten Nacken freizurucken suchte, das unbedachte Geracker trieb ihn nur immer tiefer in die wie von Geisterhand verfügte Haft. Dabei vervielfältigten sich die schweflichten Farbenspiele an der Kerkerwand, rannen zerteilte Sprenkel zu Gesichtern,

Leibern, Arm-und-Bein-Gebilden zusammen, um alsbald wieder gestaltlos zu zerfließen, ein Anblick, der den Eingeklemmten um ein übriges erstarren ließ.

Wäre McDamn nicht der Mann gewesen, der er war, das heißt, eine problematische Natur, in der sich alte Wundergier und neumoderner Wissensdurst verhängnisvoll verbanden, wer weiß, ob der Spuk nicht einfach gnädig an ihm vorübergegangen wäre. Nun aber, wo ihn nach dem ersten Entdeckerschreck das unabweisliche Verlangen überkam, den Geist nach seinem Namen zu fragen – »Wenn du der Nickel bist, dann gib dich mir zu erkennen!« –, zog seine Wißbegierde unverzüglich jenen Zauber an, den er sich besser nicht aufs Haupt geladen hätte. Kaum daß er den verwünschten Namen ausgesprochen, kaum daß der letzte Laut seiner Frage sich in dem zugigen Kamin verloren hatte, verwirbelten sich die phosphoreszierenden Nebelsträhnen wie um einen Spinnrocken, und schneller, als es der Geisterbeschwörer erwartet hatte, stand der Zitierte mitten in der Arena, DER NICKEL, ein verdreht-verwickeltes Leichenlaken auf den ersten Blick, mit Augen wie schwarzbraunschwarze Brandlöcher darin, aber ohne sich im einzelnen zu erklären oder, vielleicht, mit Huh und Hahah und Heheheh ein besonderes Aufsehen zu erregen, begann und beschloß er seinen Auftritt mit den Worten: »Dies, Kastellan von Kenilworth, laß dir Beweis genug sein!«

Der Beweis?! Der Beweis!? In McDamns vernageltem Kopf schwirrten die Gedanken wie aufgescheuchte Wespen hin und her. Daß man die längst gewußte Wahrheit nicht mehr länger Fabelwerk und Hokuspokus nennen dürfe. Daß sogenannte Phantasie jetzt auf den Namen Wissenschaft und Forschung höre. Daß seine Hellsicht füglich einen festen Grund und dunkles Ahnen einen soliden Halt gefunden habe, nur – und bei diesem Bedenken durchlief es ihn heiß und kalt und kaltundheiß in einem – würde die unbedarfte Mitwelt das hier schwarzauf-weiß Erschaute nicht doch bloß wieder als ein Hirngespinst seiner wirren Einbildungskräfte abtun? Die augenblicklich angefachte Furcht, man möchte auch fürderhin nicht viel mehr als einen Aufschneidekünstler in ihm sehen, einen besonders dreisten sogar und, nach den neusten Erlebnisschilderungen, höchst persönlich verrückt gewordenen, ließ ihn die bedränglichen Umstände beinah schon vergessen und nur noch an die Reaktionen seiner platten Zeitgenossen denken. Zwischen den tausend aufgewirbelten Möglichkeiten, ob man nun könne, dürfe, solle, müsse oder würde, blieb doch das heftigste Verlangen nach einem handfesten Zeichen, einem vorzeigbaren Beweis, und ehe der Geist sich noch zu einem Spiralenbündel unsichtbarer Kraftlinien verflüchtigt hatte, rief McDamn mit fordernder Stimme in den vergehenden Wasen hinein: »Das ist noch kein Beweis!«

Es war – wir ahnen es – genau das falsche Wort am tollen Ort. In einem äußerst empfindlichen Schwebezustand zwischen Erscheinung und Verwesung an seiner wundesten Stelle berührt, schnappte bei dem zu Wutanwandlungen und zornigen Belehrungslüsten nur allzu geneigten Nickel etwas ein, was kein Gespenst der Welt von sich aus wieder rückgängig machen kann. Das ist der sogenannte spiritualmaterialistische Offenbarungszwang. Das ist das durch keinen vernünftigen Einwand zu bremsende Bedürfnis, unleugbare Zeugnisse eines eigenen wirklichen Vorhandenseins abzugeben. Und obwohl dem gespannt-geneigten Leser just an diesem Punkt des Geschehens eine Lektion an Geisterlatein am wenigsten zuzumuten ist, müssen wir doch vermerken, daß ein Nachtgespenst sich immer gern zitieren, nur eben nicht zum Vorlegen von handgreiflichen Dokumenten verleiten läßt.

Die Gründe für solche Enthaltsamkeit liegen für den mit Materie Vertrauten auf der Hand. Im Gegensatz zum Beispiel zu den Machern und Managern der Geschichte, den großen

Schlachtenmaxen, aber auch den politischen und Militärschriftstellern verliert ein Geist an Geist mit jeder Tat, die er vollbringt. Jede leibhaftig erzielte Wunderwirkung zehrt im Wortumdrehen von seinen insgeheimen Zauberkräften, und wehe dem Gespenst, das sich zu häufig zum wahrhaftigen Handeln verleiten läßt! Wo es dem bloßen Wunsch die praktische Verwünschung folgen läßt, schwebt es in ständiger Gefahr, sich selber leerzuzehren, aufzuwünschen, weshalb ein Geist, der noch bei Sinnen ist, sich lieber folgenlos ins unscheinbare Nichts entwindet, als die erwarteten Proben seines Könnens abzulegen. Bis an den Punkt, den springenden, wo die Bezweifelung seiner Erscheinung sein wirkungsvolles Dasein überhaupt in Frage stellt und eine unfreiwillige Schutzmechanik seine innersten Zauberkräfte freisetzt. Mit dem vernichtenden Anwurf »Das ist kein Beweis!« geriet des Nickels Fähigkeit zum Wunderwirken insoweit außer Kontrolle, daß Jam McDamn den mählich verfließenden Schemen sich wieder sammeln sah (einen deutlichen Zeigeschweif gegen das Kätzchen ausgezogen, das immer noch wie festgepflockt auf einem Granitbrocken hockte), aber während er gleichzeitig zu spüren meinte, daß seine Schultern sich lockerten und sein Hals wieder wendig wurde, vernahm sein Ohr ein zischelndes Lispeln – Minnie – Ginger – Ingwer – India –, und wo vor eben fünf Sekunden noch die Katze gesessen hatte, hob sich die Leuchterscheinung eines Mädchens ab, so strahlend schön, daß McDamn nur noch stammeln konnte: »Das glaubt ja keine Maus!«

Kinder, schweigt still!, es ist zu spät, dem Unseligen noch ins Wort zu fallen; und längst nicht alles, was durch einen Ausspruch in Gang gesetzt werden kann, ist durch einen Einspruch wiedergutzumachen. So kam es denn, wie es kommen mußte. Der Nickel, durch das abermalige Infragestellen seines Daseins unabwendlich aus dem Gleis geraten, ließ seiner wilden Verwünschungswut ihren bösen freien

Lauf und schleuderte folgenden Bannfluch gegen die beiden ungleichen Kreaturen: »Du, Gingerkatze, sollst hinfort als Menschenmädchen umgehn, und du McDamn, dein Leben als ein Kater in der Fremde fristen.« »Halt, guter Freund« und »Momentemal, das müssen wir aber erst noch diskutieren« wollte McDamn ihm gerade erwidern, aber es entrang sich ihm nichts als ein unendlich erstauntes »Mau-mä«. Und das schöne Mädchen schüttelte traurig das bernsteinrote Haar über seinem verständnislosen Milchsemmelgesicht. Und der Mond trat hervor so gipsern weiß, wie ihn hierzulande noch niemand gesehen hatte. Und der sich im Verwünschen selbstmörderisch verzehrende Nickel von Kenilworth pfiff wie auf einem fisseligen Halm sein schlimmes Lied zu Ende: »Und sollt an zwei unzusammenhängende Ecken der Welt versetzt werden – der eine nach Italien und die andere nach Indien –« Doch bevor allen dreien die Sinne schwanden, jedem auf seine Art – dem Nickel, weil er sich buchstäblich leergewunschen hatte, der Minnie, weil ihr ihre neue Natur von keiner Seite her in den Kopf ging, und dem Kater, weil es ihm endgültig die schöne Menschensprache verschlug –, vernahm McDamn noch etwas so Geheimnisvolles wie »Ein Wiedersehen ist ein Auferstehen in Kenilworth –« Dann schlug, für keinen der Beteiligten mehr recht vernehmlich, die Turmuhr der Sankt Nicholas-Kathedrale. Dann hängten zwei couragierte Wolkenvetteln dem Mond ein paar gnädige Putzlumpen vors verschreckte Gesicht. Und dann zischelte nur noch der alte Stimmenimitator der Wind seine interesselos aufgelesenen Weisen durch den leeren Gespensterkamin: Auf Wiedersehen in Kenilworth – th – th – th – th – th – th –

Zweites Kapitel
Wer noch niemals eine Katze war

Wer noch niemals in seinem Leben eine Katze war und sich von einem Tag auf den anderen in die Stadt Rom versetzt sieht, muß sich durchfragen. Schön ist das lange Land Italien mit seinen zahlreichen Kirchen und Palästen, gewaltig das jahrtausendalte Rom auf seinen sieben ungleichmäßigen Hügeln, aber ein hungriger Kater geht zunächst einmal aufs Futter, und das wächst einem nicht wie Gras in den Mund. Als McDamn erwacht war – uijäh! – und sich wie jeden Morgen zunächst einmal das Bärtchen glattstreichen wollte, fiel ihm auf, daß irgendwas mit ihm nicht in der alten Ordnung war. Statt des vertrauten Borstenpolsters, das er mittels Daumen und Zeigefinger in die rechte Form zu drücken pflegte, gewahrte er lange, nach den Seiten abgespreizte Fühler, Stacheln beinahe oder auch Antennen, die bei der geringsten Berührung einen unbekannten Nerv in seinem Kopf zusammenzucken ließen. Als es auch bei dem zweiten und dritten Versuch bei der wunderlichen Erscheinung blieb und er meinte, daß er sich nun den restlichen Schlaf aus den Augen wischen müsse, glitt – hast du nicht gesehen? doch, er hatte es gesehen! – etwas wie eine krallenbewehrte Quaste an seinem Gesicht vorbei, und als er dann, dem grauen Grusel ein schnelles Ende zu machen, vom Lager aufsprang und in seine Pantoffeln schlüpfen wollte, da fand er keine Pantoffeln mehr und nicht einmal die richtigen Füße dazu, da sah er sich auf einmal vierbeinig im hohen gelben Grase stehen, und statt von oben an sich herunter blickte er seitlich an einer walzenförmigen Gestalt entlang, die scheinbar kein Ende nehmen wollte und die hinten irgendwo in ein schwarzgrau-schiefergrau gestromtes Schiffstau auslief. Es war dies der Moment, daß er auf einen fürchterlichen Schlag erkannte, daß er nicht vom Traum zum Leben, sondern vom Leben zum Traum erwacht war, und ehe er es sich versah, machte das Ding, das er war, einen erschreckten Satz zur Seite, duckte etwas in ihm sich ins Gras, hinter die Disteln, ins Gesträuch, und wo er eben noch so arglos gelegen hatte, zerplatzte eine riesenhafte dunkelgrüne Flasche an einem mannslangen Ziegelstein. Oh schauriges, oh meuchelmörderisches Dasein, dachte etwas in seinem erschrockenen Herzen, oh du unbegreifliche Welt, in der kein Mensch mehr seiner alten Natur noch sicher war; aber während er gerade noch einmal mit seinen beiden ausgestreckten Händen nach der fremd gewordenen Erde fassen wollte, bemerkte er zugleich, daß etwas Inneres sich rätselvoll nach außen krallte, und ein ihm unbekannter Schauder durchlief den Leib der Länge nach im Bogen hoch, wie ein unsägliches, den ganzen Wirbelstrang in Anspruch nehmendes Fragezeichen.

Drittes Kapitel
Für achttausend Rupien Scherben

»Wir halten somit fest«, sprach der Mann mit der taubenblauen Perücke und dem Löwensiegel am Rock zu dem Mann mit dem Ananasturban, »daß die stumme Unbekannte heimlich in Ihre Wohnung eingedrungen ist und sich dort an einem verschlossen aufbewahrten Milchkrug zu schaffen gemacht hat.« »Ahjana«, sagte mit sägendem Unmut Herr Singh, während er sich respektvoll gegen die Richtertribüne verneigte, so demütig tief, daß sich die Kuppel auf seinem Haupt verformte und wie ein flüssiger Kuchenteig herabzulecken drohte, »wie ich bereits auszuführen die Ehre hatte, handelt es sich bei der

Beklagten um ein willenloses Opfer der Madame Khadaveri.« »Zweitens«, sagte der Richter, »hat sich die junge Frau, nachdem sie ein wenig von der Milch genascht, vor Ihrem warmen Herd zum Schlafen niedergelegt, eine Haltung, in der Sie diese dann um zwei Uhr morgens auffanden.« Der Herr Singh zog eine schiefe Backe und bekam einen bösen Mund: »Die Frau Khadaveri, die sich der schwarzen Magie ergeben hat, bedient sich solcher unschuldvollen Kreaturen, um ihren vermeintlichen Konkurrenten Schaden zuzufügen.« »Zum Dritten: Als Sie die Schlummernde geweckt und vielleicht sogar etwas unsanft an den Haaren gezogen haben, ist diese in nebenstehendes Gemach ausgewichen und in höchster Bedrängnis in Ihren Instrumentenkasten gesprungen, ein Malheur, das dann leider auch Ihre feinen Spezialwerkzeuge in Mitleidenschaft gezogen hat.«

In die unerwartete Pause nach der kurzen Bestandsaufnahme hinein stürzte sich mit einer wahrhaft halsbrecherischen Verbeugung der Herr Singh, ließ aber den ergebensten Diener nachfolgend in eine Schraubendrehung seines Körpers übergehen, die sich in einer vorwurfsvollen Geste seiner rechten Hand entrollte: »Hier, Euer Würden, diese Einzigkeit allein von einem siebenwandigen Zauberstab – für achttausend Rupien Scherben!« Dann hob er flink den Deckel eines nur halb geöffneten Überseekoffers an – »Dieser Spinnweben auch von einem Eskamotiertuch!« – zog nach und nach den einen zerscherbten Gegenstand nach dem anderen ans Licht – »Dieser Traum von einem Blumenspender, dieses Elfenwerk von einer Verblendvorrichtung!« – und ließ die zerbeulten, zerschroteten und zerknickten Zauberzeuge – »Dieses Weltenwunder von einem Repetierzylinder!« – vor den Augen der erstaunten Anwesenden durch die Luft wirbeln: »Ein bis ins einzelne geplantes Vernichtungswerk, wie Sie sehen; und wenn es nicht die Handschrift meiner Konkurrentin Khadaveri verrät, will ich auf der Stelle an Fleischerhaken aufgehängt und mit bengalischem Feuer gefüttert werden!«

Der Richter, der sich ungern in seine eigenen Zweifel hineinreden ließ, kniff mißmutig die Augen zusammen. Wie eine große graublaue Gewitterwolke knollte sich die Perücke um sein Haupt, in der die Rechtsgründe hin und her zu wogen schienen und die Paragraphen sich zu unergründlichen Beweisketten verschlangen, aber statt des erlösenden Blitzes zuckte denn doch bloß ein Paar haltlos erregter Schnurrzinken, und eine pechschwarze Augenbraue hob sich so nichtssagend kühn, wie sie ohnmächtig wieder herabsank. Der Herr Singh, der die Arme wie eine Brezel vor der Brust verschränkt hatte, wollte schon gerade wieder einen neuen Ausfall machen, als der Richter ihm zu schweigen gebot. Er blickte den Klageführenden an, der seinen Jammer so beredt vor ihm ausgebreitet hatte, dann die Beklagte, eine junge Frau mit dunkelbernsteinfarbenem Haar und ausdrucksvoll teilnahmslosen Augen, aber wie tief er auch in sich hineinhorchte und der Stimme des Gesetzes nachzulauschen suchte, es wollte sich ihm rechtens nichts mehr reimen. Offen gesagt hätte er das Mädchen am liebsten wegen des Diebstahls von ein paar Schlucken Milch verurteilt und die leidige Sache dann fahrenlassen. Offen gesagt wünschte er diesen Zauberprozeß schon lange zum Teufel. Weil aber vor Gericht nun einmal nicht der Ort ist, etwas offen zu sagen, und weil es hier um Dinge ging mit doppeltem Boden und siebenfacher Wandung, wandte er sich noch einmal hilfesuchend seinen vier Beisitzern zu, die, durch höchstrichterlichen Blick belebt, erst jetzt ein wenig deutlicher in Erscheinung traten, meine Herren hier, meine Herren dort, aber er sah nur vier meinungslose Schulterpaare sich heben und senken, ein anonymes Kolbenwerk oder eine Pumpanlage für Aktenstaub und Druckerschwärze, und auf einmal bedünkte es ihn bloß noch wie eine Bewegung von Ebbe und Flut, wie das Kommen und Gehen von Wasser. Da ist die gestohlene Milch, dachte er, da die schwarze Magie, hier das unschuldsvoll vor dem Herde entschlummerte Mädchen, dort der kopflose Sprung in den Zauberkasten, hier der wortgewandte und listenreiche Herr Singh, dort vielleicht, wer wußte es, eine einflußreiche Hexe mit dem zweifelhaften Talent, zu schaden oder zu bestricken; aber während ihm das alles noch wirr und bunt im Kopf herumging und er schon Verhandlungen auf sich zukommen sah lang wie ein Menschenleben und mit Aktenbergen hoch wie die Stupa von Sarnath, sprach es auf einmal mit einer eigenen Stimme aus seinem Mund: »Wir verurteilen die Beklagte, dem Zaubermeister Rhama Singh zu dienen, bis der Schaden abgegolten ist, im Höchstfall aber für einen Zeitraum von fünf Jahren.« Und er dachte bei sich und beiseite: So habe ich jedem genützt und dem Richteramt nicht geschadet, mögen sie mit Wischnus und Schiwas Hilfe sehen, wie sie wieder auseinanderkommen.

Viertes Kapitel
Die zwei Verdammten

Im riesigen rasenden Rom auch nur kurze drei Tage lang auf vier Beinen zu bleiben, erfordert sicher so viel Mut wie Wissenschaft. Zwar hatten Hunger und Furcht den eingemummten McDamn beizeiten das Springen gelehrt, aber Springen war noch nicht die Welt und einige verstreut erbeutete Fischgerippe noch kein geordnetes Leben. So mußte er denn zuerst einmal das richtige Katzbuckeln lernen und vor fremden Türen singen, ein Paar guter Beine von einem Paar mürrisch verschlossener Stiefel unterscheiden und einen aufgeschlossenen Esser von einem fremdenfeindlichen Oberkellner. Außerdem roch Olivenöl anders als Binderfarbe, Bast anders als Blech, ein Kucheneinwickelpapier anders als Malerkarton, und wie oft war nicht ein windgeschützter Unterschlupf nur so viel wert gewesen, wie er ihm ein heimliches Fluchtloch ließ. »Wo ich einen Ausweg seh, laß ich mich nieder« wurde bald zum ersten Losungswort in seinem neuen Katzenkatechismus, aber ach, es blieb doch der Schmerz, daß das Gute auf dieser Welt niemals ohne das Böse zu denken war und daß man selten an einen fetten Bissen gelangte, ohne zugleich sein winziges Leben dafür aufs Spiel zu setzen. Der Mensch, gewiß, war alles andere, als er dachte, daß er sei. Er dachte zu gut von sich, solange er noch auf zwei Beinen ging. Er sah sich hoch oben auf dem Gipfel der Tierheit und wollte sich diese Stellung gern täglich bestätigen lassen. Selbst wenn man, durch Schaden schlau geworden, nicht eben viel mehr an Menschlichkeit von ihm erwartete als, sagen wir, den ungehinderten Zugang zu seinen Abfällen, hielt er auch diese noch wie eine Gottesgabe zurück. Kurz, sein moralisches Gewissen wog gemeinhin nicht einmal eine Wurstpelle auf.

In solche grämlichen Gedanken versunken fanden ihn ein paar flüchtige Bekannte vom fünften Hügel eines dunklen Regentages unter einen Ziegelsturz gekauert, aber keine aufmunternd gelüpfte Nase und kein geselliger Krallenwink vermochten ihn in seinem Bittersinn zu erreichen. »Er spricht zwar unsere Sprache«, sagten da die rauhen Kumpane in ihrem beleidigten Stolz, »aber er spricht sie nicht richtig. Er faltet die Pfötchen falsch und ringelt den Schwanz auf eine beinahe äffische Art. Er schnurrt, wenn er schnurrt, wie wir und doch – wie sollen wir sagen – wie eine verstimmte Maultrommel.« Und eine rotbunt gefleckte Schönheit ergänzte: »Er riecht an Regentagen manchmal richtig wie ein Mensch.« Es waren allerdings die Regentage, wo ihm sein wahres Dasein fadenziehend durch den Sinn ging und nichts in ihm mehr recht zusammenpassen wollte, nicht einmal der Kopf mit den Gedanken. Wie feuchte Nebelschwaden waberte es ihm dann durchs Gemüt, Erinnerungen auch an rotschwarz ragende Normannenmauern mit ertrunkenen grünen Wiesen dahinter und einem Himmel, der keinen Anfang hatte und keine Linie erkennen ließ; allein, wie entfernt ihm das alles schien und auch mit bloßer Katzenkraft nicht wieder einzuholen, es war doch irgendwann einmal sein wirkliches Leben gewesen, der Länge und Breite nach unzerteilt und vorne mit dem Blick auf eine sichere Altersrente, bis zu dem schaudervollen Gedankenstrich, wo sein Erinnerungsvermögen sich plötzlich verlor – gleichzeitig überstrahlt und ausgeblendet von einer goldrotgelben Lichterscheinung, Minnie Oh Minnie, ein liebliches Mondgesicht mit feuersteinfarbenen Augen darin, was kostete denn, verdammtnochmal, eine Kleintierpassage ans andere Ende der Welt?!

Fortfort, ihr Grillen! und mit einem gewaltigen Satz auf die Beine und stracks einen schneidigen Buckel gezogen, denn was sich nahte, war keine Minnieerscheinung und keine Marienvision, sondern eine haarige Kanonenkugel, ein kläffendes Geschoß, und alles, was Katze war an dem Verwunschenen, sträubte sich auf zu einer besenartigen Gespensterscheuche. McDamn, der zu allen Zeiten seines zweigeteilten Lebens eine abgrundtiefe Furcht vor Hunden empfunden hatte, erstarrte zur bewegungslosen Ungestalt. Er wollte sich losreißen, aufspringen, eilig aus der Affäre ziehen, aber er blieb wie durch den eigenen angstvollen Blick an das Schreckensbild gebunden. Er dachte an einen Baum so hoch wie die Mauern von Kenilworth, aber es verzog sich ihm nur das ausgestopfte Gesicht, und aus dem Mund entwich ihm ein ihm selber widrig erscheinendes Fauchen oder Zischen. Er phantasierte sich in ein Verlies hinein, eine Röhre mit einem gastlich klaffenden Eingang vorn und einer hüftengen Öffnung am Ende, aber es hob sich ihm nur die angstvoll gespannte Klaue mit fünf nadelspitzen Messern darin. All das fuhr ihm durch den Kopf so lichtgeschwind, daß er den eigenen Gedanken niemals hätte Folge leisten können, allein, wer beschreibt sein Erstaunen, als die scheußliche Erscheinung mitten in ihrer gischtenden Raserei verhält und – die Rute ehrerbietig zwischen die Keulen geklemmt und den Nacken und daran die Nase zu einer Art von Diener hingeduckt – schnüffelnd und wedelnd näherruckt, herankuscht, mit den Pfoten scharrt und ihm, dem zitternd Aufgeblähten, einen verhalten demutsvollen »Gutentag« entbietet. McDamn meinte zunächst, sich verhört zu haben, und es dauerte schon eine Weile, bis der letzte Rest an Furcht sich hörbar verknistert hatte. Es war aber, was da liebedienerisch vor ihm im Staub lag, in keiner Hinsicht zu leugnen, der Atem bresthaft, die Zunge feurig-lappig-hechlicht, der Seiber fetzenweise abflockend, das dummbraune Auge liebe- und vergebungheischend ihm zugewandt, und als McDamn, den einen Kater zu nennen wir uns immer noch nicht aufraffen mögen, in der gebotenen Abstandnahme zurückfragte: Gutentag und mit wem er bitteschön die Ehre habe, da tönte es aus dem fremden Maul wie von einer heftig verschmirgelten und ein wenig nachschleifenden Schellackplatte: »Ich rieche etwas, das mich winseln macht, ob ich will oder nicht, und alles, was Hund an mir ist, muß vor dir auf dem Bauche kriechen und zugrunde gehn.«

Fünftes Kapitel
Applaus für Minnie Ghinga

Geschirr abwaschen und blind über Gläser balancieren sind zweierlei Künste. Minnie Ghinga, wie wir die schöne Fremde gern mit ihrem neuen Herren nennen wollen, zeigte wohl gewisse Talente, wenn es darum ging, eine herabfallende Mangofrucht im Fluge aufzufangen oder einen Tujabaum zu erklettern, doch versagten ihre Gaben bei allem, was Reinemachen oder Ordnunghalten hieß. Nun hätte zwar der Herr Singh eigentlich nichts so nötig gehabt wie eine richtige Putzdienerin – sein mit Illusionsmaschinen und Verblendungsapparaten vollgestopftes Haus verlangte dringend nach einer ordnenden Hand –, doch als er bei Minnie gewisse Fähigkeiten entdeckte, die nicht schon jedem eigneten, beschloß er bei sich, sie zu nutzen. Kaum daß er das Mädchen einmal über ein Bambusrohr hatte tänzeln sehen, so zierlich, so possierlich, führte er sie alsbald auf den Schwebebalken, dann ans Trapez und schließlich sogar auf rollende Tonnen und federnde Seile, und auf all diesen schwankenden Unterlagen bewegte sie sich mit Geschick. Kaum hatte er einmal ideenvoll und gedankenverloren seinen Spazierstock von der Rampe geworfen und – Brahmahhilf! – erst dann bemerkt, daß es der neue »Siebenwandige« war, der trickreichste und zugleich zerbrechlichste Zauberstab des ganzen vorderen Indien, da hatte Minnie ihn bereits mit behenden Fingern aus der Luft gegriffen, und wieder perlten in der Phantasie des Herrn Singh Gedanken an neue Sensationen und verwertbare Varieténummern auf. Man mußte nur noch etwas »an dem Mädchen arbeiten«, es »eisern an die Kandare nehmen«, seine »Anlagen ausbauen und seine Talente zurechtschleifen«, und dann – wer konnte es jetzt schon sagen, ja, wer wußte es – ließ sich das kleine Unternehmen vielleicht zu einem richtigen Revuetheater ausweiten, zu einem lebenden Panoptikum mit Akrobaten, Gummimenschen, Schlangentänzerinnen, Mißgeburten und Kraftathleten, der Zug der Zeit ging aufs Gemischte, und wer sich nicht beizeiten ins Breite entwickelte, würde niemals zur wirklichen Spitze gehören.

Daß die himmelstrebenden Ideen des Herrn Rhama Singh irgendwo in den Wolken hängenblieben, hatte Gründe. »Wie schwer ist es doch, ein Mensch zu sein«, dachte Minnie Ghinga, wenn ihr Herr sie wieder einmal einen ganzen Tag lang über schwankende Rollen gehetzt und an beweglichen Stangen emporgetrieben hatte, wo er doch sehen mußte, daß ihre Kräfte nur so lange anhielten, wie ihre Neigungen reichten. Mochte ein aufsehenerregender Sprung von Trapez zu Trapez gelegentlich den Eindruck der Einmaligkeit erwecken, so blieb er doch eben deshalb unwiederholbar. Wo Minnie heute vielleicht gerade die richtige Schraubendrehung fand und den nötigen Schwung des Gelenks, einen Absturz vom Seil zu markieren, der aber zielgerecht aufs Trampolin zurück und somit wieder in neue Höhen führte, da mißlang ihr am nächsten Tag bereits eine so einfache Übung wie der Aufstieg am Schrägseil, »eine Piece für Amateure«, wie Herr Singh es abschätzig nannte. Überhaupt schienen ihre zahlreichen Gaben keinen rechten Zusammenhang zu besitzen. Nichts war durch Wiederholung zu vervollkommnen. Kein hübscher Effekt ließ sich als sozusagen fester Posten im Repertoire verankern. Und gerade ihre schönsten Panthersprünge und Fangparaden blieben das, was jeder echte Artist von ganzem Herzen verabscheut, Geniestreiche und Zufallstreffer.

Es sollte anders und sollte ärger kommen. Ein gewaltiger Wirbelsturm hatte den Südosten des Landes niedergeworfen und die Städte

Masulipatam und Majavaram unter Wasser gesetzt, da sah der Herr Singh eine Aufgabe. Er ließ in der Stadt Plakate anschlagen: »Der weltbekannte Magier Herr Rhama Singh, Inhaber des GLÄSERNEN LOTUS I. Klasse und Träger des GOLDENEN MITTELFINGERS, lädt aus gegebenem Anlaß zu einer Benefizvorstellung ein. Die gesamten Einnahmen unserer heutigen Veranstaltung werden den Leidtragenden der GROSSEN PRÜFUNG zugewiesen.« Das war in jedem Fall doppelbödig. Es ließ die Mildtätigkeit des Zauberunternehmers leuchten weit übers Viertel hinaus und brachte, wo nicht gleich die dringend benötigten Rupien, so doch gewiß ein interessiertes Publikum ins Haus, hochmögende Kaufleute oder einflußreiche Staatsbeamte, diese Herren zeigten sich in der Öffentlichkeit gern von der spendablen Seite.

Um keinerlei Risiko einzugehen, befand Meister Singh, nur sichere und erfolgverheißende Kunststücke vorzuführen; ein richtiger Radja hatte seinen Besuch in Aussicht gestellt, das schien dem Zauberkünstler abenteuerlich genug. Wie wenig Singhs Besorgnisse diesmal angebracht waren, zeigte sich freilich schon nach den ersten Auftritten. Ein junges Mädchen im rosenfarbenen Sari war zu Gitarren- und Flötenbegleitung programmgemäß zersägt worden; ein hoch in den Bühnenhimmel geworfenes Seil hatte sich ohne eigenwillige Verschlingungen entrollt, ein knappbetuchter Knabe sich geschmeidig an ihm emporgehangelt; aber auch Minnie Ghinga fand mit ihren bescheidenen Handreichungen sogleich das Wohlwollen des gesamten Publikums. Sie apportierte die sie umwirbelnden Gegenstände, Kassetten, Hüte, Fähnchen, Bälle, Stäbe oder Blumenbuketts mit solch schwereloser Anmut, daß der Zauber der Levitation bald auf die Zuschauer übergriff und mancher Anwesende sich selbst auf unsichtbaren Luftkissen emporgetragen wähnte. Sogar der auf die äußerste mechanische Präzision bedachte Herr Singh, der nichts so sehr verabscheute wie unvorhergesehene Überraschungen, ließ sich von dem Aufwind einer allgemeinen Begeisterung mitreißen und zu kleinen Improvisationen verleiten. Hatte er früher vielleicht einmal einem europäischen Geschäftsreisenden ein paar Jackenknöpfe von der Leiste gezaubert, um sie erst kurz vor der Pause an ihren alten Ort zu zitieren, so wagte er diesmal Bedenklicheres. Nachdem er einem nicht ganz unbekannten Gerichtsvorsitzenden sein goldenes Löwenemblem entwendet und, auf welchen Wegen immer, wieder an den Turban geheftet hatte, schien ihn schließlich vollends der Teufel zu reiten, der hierzulande Scheitan heißt. Scheinbar ganz unverfänglich, scheinbar nur so nebenhin fragte er die Gattin des hochwohlgeborenen Radjas Mahendra Mahore, die alledle Memsahib Rhutty, ob sie nicht die eine oder die andere Veränderung an ihrem Diamantendiadem bemerkt, und, siehedasiehenichts, die kostbarsten Steine waren fort, verschwunden, wie durch Geisterhand aus ihren Fassungen gelöst – für einige bange Sekunden, dann hatte Meister Singh die platte Imitation wieder gegen das prächtige Original vertauscht, denn seine Fingerfertigkeit diente vornehmlich dem einen hübschen Zweck: den Schrecken eines unvorstellbaren Verlustes durch die Freude am Wiederfinden aufzuheben. Applaus! Gerührte Herzen und gerührte Hände. Und die Memsahib, die die Gunst des Augenblicks auf einen Zug durchschaute, hob das Geschmeide empor und wies mit langem edlem Zeigefinger auf den schönsten Diamanten im Ensemble: »Ich wünsche diesen Stein zurück in die Hände des großen Magiers Rhama Singh, und, über ihn, an den Ort des Leidens und der Verwüstung.«

Rhama Singh, man sah es, war eine Hauptperson vom Scheitel bis zur Sohle. Er hatte sich als erster wieder gefaßt und pirschte sich, wie etwa eine Raubkatze ihr Opfer beschleicht, an seine Abschlußnummer heran, das sogenannte »Taubenwunder von Shimla«. Freimütig ließ er sich von einigen hochgestellten Besuchern in die Ärmelröhren schauen und in die Frackfalten spähen. Auch machte es ihm nichts aus, daß man ihm mit dem Finger unter dem Kragen entlangfuhr oder seine Manschetten abklopfte, im Gegenteil, die Prüfung war der erste Teil des Wunders, die Bühne mußte bereits leuchten, ehe das Mirakel noch begonnen hatte. Auch Minnie Ghinga, die wir bei ihrer eigenen Geschichte nicht aus den Augen verlieren wollen, trug vom hoch gespannten Seil aus zu der mehr und mehr sich verdichtenden Spannung bei, sei es, daß sie sich plötzlich silberrote Funken aus ihren Haaren schüttelte, sei es, daß sie ein Nichts an Handlung mit einem Fingerwirbel auf dem Tambourin zu reiner Erwartung schürte, alles im Hinblick auf den einzigen Meister Singh, der in kühler Trance seine Vorbereitungen traf. Geräuschlos und mit sicheren Griffen hatte er das Fallgitter eines bislang verborgen gehaltenen Verschlages geöffnet. Mit einer Verbeugung, daß es groß erscheinen möge – groß wie der Herr Gerichtspräsident, groß wie ein Maharadscha –, ein Tigertier herauskomplimentiert und auf ein grell geflammtes Podest geleitet. Nun kraulte er ihm die Mähne. Nun tätschelte er ihm den Hals. Nun vermaß er sichtlich zum letzten Mal den Abstand zwischen sich und seiner Pointe. Während aber das Untier gerade gehaltvoll gähnend das Maul auftat, griff Singh ihm beherzt in den Schlund und – hoch! flatterte eine weiße Taube, aber schneller noch als diese, wie durch eine unbekannte Macht von der Sehne geschnellt und in den atemlosen Saal hineingezogen, flog Minnie Ghinga hinter dem verwirrten Tierchen her, es in der Luft abfangend, es mit beiden Händen umkrallend, für einen geringen Augenblick der Schwerkraft restlos enthoben und wie ein Bild der großen Jägerin vor den Bühnenhimmel versetzt, als die Memsahib sich auf einmal geistesgegenwärtig oder besinnungslos zur Seite warf – und sicher und geräuschlos wie ein Greifvogel setzte Minnie Ghinga in den frei gerückten Polsterkissen auf.

Der Applaus, der sich anschloß, war von einer Art, wie ihn selbst der beifallsgewohnte Singh noch nicht kannte. Er war rasend. Er war gläubig. Er war wollüstig und wunderselig zugleich, und er dauerte, aufs Ganze gesehen, genau dreizehn Minuten und vierundzwanzig Sekunden. Zeit genug für einen entthronten Hauptdarsteller, sich in Einzelheiten auszumalen, was man jetzt Abend für Abend in seinem Haus erwarten würde. Aber er wußte auch, was von den Gästen keiner wußte. Daß es an diesem Unfall nichts zu wiederholen gab.

Sechstes Kapitel
Sankt Peter in Sicht

Gelobt sei Jesus Christus, jajajaja, und gelobt auch die Jungfrau Maria nebst allen fünfhundertsechsunddreißig Heiligen, das gab vielleicht ein Umarmen auf dem regennassen Hügel Aventin, als die beiden verwunschenen Herren sich einander zu erkennen gaben, und über den tiertiefen Haß von Katz und Hund hinweg wogte ein warmer Strom der Sympathie von Adamskind zu Adamskind. Bellerophon, so nannte sich der klapperdürre Geselle, stimmte schließlich sogar eine passende Hymne an, den Triumphmarsch aus der Aida, wobei McDamn sich höflich heimlich an der Oberstimme versuchte, es klang aber eher nach »Old King Cole« und »Going round the mulberry tree«, diesen zwei bekannten Grundgesängen, von denen alle anderen englischen Volkslieder abgeleitet sind. »Laß uns Brüder sein, laßt uns Menschen werden«, jaunerte der Rüde, als McDamn ihm seine unbegreifliche Geschichte zugetragen, doch als dieser teilnahmsvoll zurückfragte: »Und du, Kamerad, was blickst denn du so unerlöst«, mußte er sich folgende ergreifende Erzählung anhören.

Eigentlich, berichtete der Hund, sei er einmal ein bekannter Wissenschaftler gewesen, ein Reliquienforscher genaugenommen, ein katholischer Knochenkundler, wenn der Kater wisse, was das sei, und bei dieser edlen Passion sei er eines undurchsichtigen Tages auf die Spuren der Heiligen Euphorbia gestoßen. Seine Liebe zu dieser einzigartigen Märtyrerin habe sich im Laufe der Jahre freilich so ungestüm gesteigert, daß er in jedem Knochensplitter einen heiligen Spreißel zu vermuten begann, bis er – er wage es kaum zu gestehen – die elenden Reste eines römischen Weinhändlers als die Überbleibsel seiner Hohen Frau verkannte. »Sie sollen nämlich«, fuhr er dann in direkter Rede fort, »ein unschuldsweißes Blut von sich geben, wo sie nur von einer reinen Hand ans Licht gezogen werden, und als ich meinen Fund von gerade solchem milchigweißen Schleim bezogen sah, wähnte ich mich, weißgott, am Ende eines entbehrungsreichen Forschertraumes. In gewisser Hinsicht war ich es sogar. Kaum daß ich die Gebeine meiner Angebeteten präpariert und rechtzeitig für den Euphorbientag in einen Schrein gebettet hatte, trat unversehens ein junger Altertumsforscher auf den Plan, der meine Entdeckung als die Augentäuschung eines Laien hinstellte. Um es kurz zu machen, mein lieber Damnio«, beendete er dann seinen kläglichen Rapport, »die Heilige Kongregation erteilte mir wohl oder übel ein ungern ausgesprochenes Lehrverbot, die abgrundtiefe Scham begann nicht nur an meinem Charakter, sondern auch an meinen äußeren Zügen herumzuwirken, und als ich meine Grabungen gegen alle Hindernisse heimlich fortsetzte, sah ich mich irgendwann in diese geschmacklose Gestalt verwandelt.«

»Das ist allerdings umwunden«, sagte etwas konsterniert McDamn, den der Hund mit einer gewissen besitzergreifenden Zudringlichkeit als Damnio ansprach – und er hatte, was wir zu erzählen versäumten, den neuen Namen gleich so oft und so laut in alle vier Winde gebellt, daß die Katzen des Viertels ihn bereits begeistert aufgenommen und ausgetragen hatten –, »das ist ja reichlich verschnörkelt.« Bei sich selbst aber dachte er, vielleicht, wenn man den Grund der Wünsche kennte, gelangte man am Ende noch zur Quelle der Verwunschenheit. Leider konnte er solchen Phantasien nicht weiter nachgehen, da der stockfleckige Heilige noch nicht am Ende seines Lateins war und sich, ein Märtyrer er selbst, vor dem verlegenen Damnio in die Höhe spreizte: »Du siehst, mein guter Freund, dein Weg ist lang, dein Schicksal kraus, aber das meine noch um einige Abenteuer reicher.« »Ich brauche eine Passage nach Indien«, sagte etwas gereizt McDamn, »was kann es für einen Menschen unserer Statur wohl Beschwerlicheres geben?« Jener schüttelte aber nur das lange, wild geriefte Hungergesicht, daß all die wunderlichen Falten unordentlich durcheinandergerieten: »Was du suchst, ist ein irdisches Mädchen, egal ob Katz oder Kätchen, ich aber trage eine Leidenschaft in meinem Herzen, die nicht von dieser Welt ist. Ach! daß mir ein gnädiger Himmel doch erlassen hätte, nebenbei noch mein Glück als Hund zu machen. Denn was ist das schon für ein Leben, wo jede natürliche Gier sogleich zu einer Anfechtung wird; wo die niedere Jagd nach einem Rinderknochen dich gleichzeitig an deine Hohe Dame erinnert; und wie oft muß einer nicht sein elendes Gemächte zur Schau stellen, während einem die heilige Sündenangst bereits die Flanken gerbt.«

Damnio blickte verwirrt. So fremd war ihm wohl selten ein menschliches Wesen erschienen, nicht einmal eine Katze, auch kein Hund, der Mann war ja nicht mehr auf eine normale Art verdammt, der war bereits verrückt, und er blickte sich vorsichtshalber schon einmal nach einem Ausweg um. Da ragten aber nur kalkigweiße Mauern empor, von reglos hochgereckten Zypressen beiderseits gesäumt und von stattlichen Palmen beschattet, die ihr Blattgefieder still ins Mondgeriesel hielten, und gewiß nur um die lautlos andringende Peinlichkeit zu vertreiben, sagte er in einem Anflug von betonter Kameraderie: »Da hat es dich ja mächtig erwischt, mein Junge.« Statt einer Antwort packte der Hund ihn missionarisch sanft bei der Pfote und führte ihn an ein eisern vernageltes Bohlentor, gerade so, als wolle er Einlaß für zwei erlösungsbedürftige Sünder begehren. »Die Menschen beugen sich hier, aber unsereins muß sich recken«, sagte er mit fromm belegter Stimme, sprang auch gleich an der mächtigen Pforte hoch, setzte beide Vorderläufe gegen das rostige Eisenschloß, schob den Kopf so verklemmt wie verklärt an das Schlüsselloch heran und hauchte wie jemand, der bei lebendigem Leib seine Seele hingibt: »Sankt Peter!« Und als Damnio ein bißchen geniert in die Höhe plierte, weil er ja nicht sehen konnte, was das selig erleuchtete Haupt ihm verdeckte: »Ja, hock dich nur auf meinen Rücken, daß auch du es siehst: die Kuppel, gebenedeit und erhoben unter allen eichelförmigen Gebilden der alten und neuen Welt, strahlend von innen her und durch keine äußere Lichtquelle besudelt, dahin führt noch einmal mein Weg, und wenn du mit mir ziehst, so wirst du vor der Zeit erlöst und aller irdischen Seligkeit teilhaftig werden.« »Das ist ja sehr interessant«, sagte Damnio, aber während er ein wenig geistesabwesend in einen weinüberdachten Laubengang hineinschaute, an dessen bis in die Unendlichkeit verlängertem Ende so etwas wie ein silberblaues Ei zu entdecken war, dachte es durch die schmalen Pupillenspalten aus ihm heraus: »Der Mann ist nicht mein Mann und dessen Weg nicht mein Weg, und wo ich ihm auf seinen Friedhofspfaden folge, verlier ich noch den Schlüssel zu meiner eigenen Geschichte.«

Siebtes Kapitel
Die wirklichen Wörter

Wo waren wir stehengeblieben? Irgendwo. Nirgendwo. Hatten wir nicht vergessen zu sagen, daß Minnie Ghinga auch in ihrem zweiten indischen Jahr noch keinen menschlichen Laut geäußert hatte außer einem vieldeutig nichtssagenden »Mja« oder »Minija«, was wohl »ja« und »nein« und auch »ich weiß nicht recht« heißen konnte und was den Herrn Singh denn auf den Namen Minnie Ghinga brachte. Ach, gar nichts hatten wir, denn wer die Geschichte einer Seiltänzerin erzählt, für den tritt die ganze umgebende Welt für einen Moment in den Schatten, und wer zu solchen atemraubenden Luftsprüngen aufblickt, ist schon froh, wenn er den Gegenstand seiner Betrachtung wieder heil auf der Erde landen sieht. Für den Magier hatte Minnies stummes Dasein ohnehin nur Vorteile. Wer nicht sprechen konnte, der konnte füglich auch nicht widersprechen, denn wie oft hatte man nicht ein freches Mundwerk über ein ehrliches Handwerk triumphieren sehen. So beließ er das Mädchen ziemlich gedankenlos in seiner unverschuldeten Weltabgeschiedenheit – bis Minnies jäher Flug durch die Arena versehens seinen starren Sinn veränderte und das verschreckte Erkennen unberechenbarer Leidenschaften den Gedanken an Erziehung nahelegte. »Ja, Zivilisation«, so sprach er mit einigem Nachdruck zu sich selbst, »und die Erziehung zu gewandten sprachlichen Umgangsformen, das ist es, woran wir es ein bißchen haben fehlen lassen«, und ein wenig zerknirscht und ein wenig reumütig beschloß er, das Mädchen bei einem geeigneten Guru in die Lehre zu geben.

Der Lehrer, der ihr mit der englischen Sprache auch ein kleines Allgemeinwissen vermitteln sollte, war ein mäßig beleibter Mann mit Augen wie polierte Kastanien und einem Bart wie ein Spinnrocken, da wäre Minnie am liebsten mit allen zehn Fingern hineingefahren, um nach dem Ausschlupfloch der vielen schönen Wohllaute zu forschen. Dann tönte es ihr aber so weihevoll aus dem Gespinst entgegen, Oma und Opa und Odem und Okarina und Opal und Olive und O mani patme hum, daß Minnie ganz orientalisch fromm zumute wurde und ihr Sinn nur darauf ging, das in sie Hineingehauchte originalgetreu zu wiederholen. Etwas frischer wurde sie erst und lichter wurde der Kopf, als der Unterricht schließlich eine Wendung zum Verständlichen nahm und mit dem Sinn der Wörter völlig neue Gefühle in ihr wach wurden. Reis, beispielsweise, wie er duftete und in die Nase stieg, wenn man das Wort nur aussprach, oder auch Mango, wie die unscheinbare Frucht in ihrem Mund zerquatschte.

Und, nicht zu fassen, dieses helle Licht hier war der Tag und jener dunkle Vorhang zog die Nacht auf, und hier gleich neben ihrem Fenster wuchs ein Gingkobaum und im Garten stand eine Betelnußpalme, und dieses wundersam vielsagende und alle menschlichen Sinne elektrisierende Tier war eine Maus. Bei dem Wort MAUS, dem im Lehrbuch auch ein buntes Bildchen beigegeben war, wäre Minnie beinahe aufgesprungen, um unter der Kommode oder hinter der Bambustapete nach dem Rechten zu sehen, da hatte der Lehrer aber schon ein anderes Kapitel aufgeschlagen, das wollte er so schnell wie möglich hinter sich bringen.

Die neue Lektion hieß DIE ENGLISCHE KÜCHE und war angetan, den Gedanken an Mäuse auf einen Schlag vergessen zu machen. Ein wichtiges Wort hieß beispielsweise FLEISCH, und obwohl der Guru es sichtlich nur mit dem äußersten Widerwillen in den Mund nahm, versetzte es unserer Minnie einen richtigen heißen Stich ins Herz. Es traf das Ohr mit der Gewalt des

Blitzes und rührte ihre Seele mit dem Zauber von Musik, das Zauberhafteste daran war allerdings, daß es keine Sache an sich und nicht bloß ein einfaches Waisenwort war, sondern sich fand in den verlockendsten Verbindungen, als gekochtes Kalbfleisch, geschmortes Schweinefleisch, gebackenes Hammelfleisch und gedünstetes Enten- und Hühnerfleisch, eine Bezeichnung appetitlicher als die andere, man mußte sich unwillkürlich die Lippen dabei lecken und die Mundwinkel auswischen. Wie tierisch dumpf habe ich doch bisher dahingelebt, dachte Minnie, und wie im ganzen lieblos meinen Reis gemampft und meine Nüsse zerschrotet, jetzt wollen wir aber einmal sehen, was bewußte menschliche Ernährung heißt. »Es ist unrein«, sagte da der Guru mit einem seltsam eisigen Abscheu, »und wenn ich dir die eklen Namen alle vorgelesen habe, dann um dir darzutun, in welchen Masken oder Krusten die Versuchung dir begegnen kann. So bestellst du vielleicht in aller Unschuld einen

Yorkshire-Pudding, ohne zu wissen, daß mindestens zwei Eßlöffel Bratenfett darin enthalten sind. Oder man lenkt dein Verlangen auf eine geröstete Krone in Minzsoße, und was man dir auftischt, ist einfach geschlachtetes und gebackenes Lamm.« Der Guru schüttelte sich von innen her, tunkte eilig ein Ingwerstäbchen in einen grünen Zuckerseim, ließ das triefende Konfekt in dem grauen Nest vor seinem Mund verschwinden und wandte sich höheren Dingen zu, die aber hießen BRAHMA, RAMA, KRISCHNA und GANESCHA, KALKI und LAKSCHMI, WISCHNU und SARASVATI, Minnie konnte gar nicht so schnell hinhören, wie die neuen Wörter an ihren Ohren vorbeisausten.

Als der Guru nach einigen Monaten immer noch bei den Göttern und ihren zahllosen Inkarnationen verweilte und Minnie befürchten mußte, daß man auch noch zu den großen Schlachtenlenkern der Geschichte übergehen würde, zu den Hunderten von Kaisern und Königen und Fürsten und Maharadschas und

Mogulen und Gouverneuren, zweifelte sie vollends an der Kraft ihres einfältigen Kopfes. Diese Welt als ganze werde ich mir wohl niemals merken können, dachte sie mit trüben Vorahnungen, denn nach der ewig langen Geschichte sollte auch noch die Länderkunde kommen und nach der Länderkunde der mit Tausenden von Namen aussichtslos gepflasterte Sternenhimmel, Minnie sah ihren Blick schon wie eine verlorene Sternschnuppe darin untergehen. Weil Minnie Ghinga aber ein praktischer Charakter war, der nicht wahrhaben wollte, daß sich die schönen und bewegenden Wörter ihrer ersten Stunden einfach zu nichts verlören, machte sie sich in einer unbewachten Stunde heimlich auf den Weg zur Innenstadt.

Ja und das war nun allerdings wunderbar. Sie brauchte die Wörter FLEISCH und ESSEN nur deutlich auszusprechen, und Hunderte von Armen und Händen wiesen in alle möglichen Himmelsrichtungen. Das Wort ENGLISCHE

KÜCHE verminderte zwar den Ansturm der Fingerzeige, besaß dafür aber den Vorzug, mit einiger Genauigkeit bezeichnet werden zu können, denn von zahlreichen Gesten in die eine Richtung und von etlichen in die andere blieben schließlich nur zwei Namen übrig, die die ungeteilte Zustimmung aller fanden, das KING'S HOTEL und das RAFFLE'S RESTAURANT, für dieses entschied sich Minnie einfach aus Gründen des Wohlklangs. Majestätisch und königlich glänzte es ohnehin. Der schönste weiße Marmelstein fügte sich zu einem dreigeschossigen Bau, der sie seltsam vertraut ansprach, mit einem Säulenhalbrund vorm Portal, das gleich Erinnerungen in ihr wachrief, sie konnte nicht sagen, welche; und nun zog es sie sogar noch an zarten Fäden hinein, unsäglich feinen Schicksalsfäden, süßen Rauchgirlanden, sie brauchte wirklich nur diesen unsichtbaren würzigen Wirbeln zu folgen – Dunhills original Shag Tobacco –, und die Türen flügelten wie von selber auf und Minnie und ihre eilig nachdrängenden Ratgeber standen im Lüsterlicht.

Zwar hatten die Mogule und Radjas am Eingang zunächst die bunte Bagage einfach fortscheuchen wollen, zwar hatte es schiefe Kinne und borkige Stirnfalten gegeben, aber Minnie war so bernsteingolden herangerauscht und sie hatte so unmißdeutlich auf ihrem Gefolge bestanden, wortlos, unnahbar, ohne jedes Zögern, daß alsbald ein aufgeregtes Gezwitscher anhob und ein weinroter Cordon aus jungen Prinzen die Gesellschaft in ein eigenes und ganz mit weißem Damast ausgeschlagenes Zimmer geleitete. Stühle wurden gerückt, Weingläser vom Kopf auf die Beine gestellt, pfundschwere Silbermesser und Silbergabeln herbeigekarrt, in Leder gebundene Wörterbücher aufgeklappt und – ah! – da stand es ja, wenn auch wohl eher für einen Kursus von Fortgeschrittenen gedacht: Vorspeisen – Fleisch – und Fisch – Gekochtes und Schnellgebratenes – Suppen, Pasteten und Salate – eine Welt aus Wörtern, die Gestalt annehmen wollte. Minnie schnupperte erst einmal aufgeregt an den Ledereinbänden, ehe sie ihre Bestellung aufgab.

»Mockturtle-Suppe Lady Curzon« und »Porterhouse-Steak à la Raffles«, die Wörter nahm sie zunächst so vorsichtig in den Mund, als handele es sich um Zaunkönigseier. Als sie aber bald sah, daß die dienstbaren Königskinder gar nichts Besonderes daran fanden, vielmehr eilfertig hin und her flogen, wurde Minnie dreister und dreister. Rief nach »Rindfleisch-Nieren-Pastete« und nach »Fischpastete Königin Victoria«. Verlangte nach »Huhn-Lauch-Suppe« und »Irish Stew« und »Heißem Lancashire-Topf«. Brachte schließlich sogar die übel beleumdete »Lammkrone mit Minzsoße« über die Lippen, und das Wunder wurde wahr, die Dinge folgten ihrem vorgedruckten Namen, Fleisch sprang bei Anruf aus der Pfanne, Fisch schwamm heran, Geflügel ließ sich auf knusprigen Fittichen vor ihren immer größer werdenden Augen nieder, Minnies zahlreiche Freunde konnten gar nicht so schnell mit den Zähnen nachkommen, wie ihr Mund die Verheißungen orderte. Welche Welt! dachte sie, und welche unerahnten Zauberkräfte, die von diesen Bezeichnungen ausgingen, mochte der Himmel wissen, warum Rhama Singh dieses schönste Kapitel der Magie immer vor ihr verborgen gehalten hatte. Der Gedanke an Singh wurde augenblicklich zum Alpdruck. Je entschlossener sie seinen Namen zu vergessen suchte, um so inniger hing er ihr an. Je heißer sie sich mit den duftenden Soßen beschäftigte, je sicherer sie sich hinter Mauern aus Gebäck geborgen glaubte, um so zäher drang er auf sie ein. Bis sie endlich selber meinte, daß sie des Wünschens und Wundermachens wohl ein bißchen müde geworden wäre und daß es an der Zeit sei, still nach Hause zu gehen.

Indes, wie groß war ihr Erstaunen, als die höfliche Absicht, sich unauffällig zu entfernen, auf der Stelle ein riesiges Aufsehen machte. Ehe sie ihre wenigen Gedanken noch richtig zusammengerafft und eine Entenkeule in ihr Tragetäschchen gesteckt hatte, sah sie sich unversehens umwirbelt, umzingelt, umringt, und all diese eben noch so freundlich leuchtenden Sahibs zogen grimmig graue Gesichter mit steilen Ausrufefalten darin. »Wie komme ich«, fragte sie mit fettig belegter Zunge, »wohl auf dem allerschnellsten Weg zur Tagore-Straße?« – sie hätte den Satz niemals aussprechen dürfen. Kaum daß die bunten Finsterlinge ihre unschuldsvolle Frage vernommen hatten, kaum daß sie den weiter hinten stehenden Personen zugeflüstert worden war, erhob sich auch schon eine drohende Wetterwand gegen sie, eine Wetterwand aus Wörtern und Schreien und Grunzlauten, vollkommen rätselhaft und undurchdringlich, bis nach einer gewissen Weile das Wortegrollen etwas abnahm, und vor dem dunkelgrauen Hintergrund aus Au und Oh und Ach und Buh hoben sich einige spitz gezischte Laute ab, die hießen »Dollar« und »Rupien«, »Rechnung« und »Bargeld«, »Travellercheck« und »Kreditinstitut«, Minnie Gingha hielt es für Hauptwörter einer Fremdsprache, die sie nicht verstand, und um überhaupt etwas zu antworten, sagte sie: »Ich will jetzt in die Falle.« Es war anscheinend auch solch ein Zauberwort, denn ehe der Abend noch richtig anbrach, sah Minnie sich in einen Käfig mit eisernen Gitterstangen versetzt. Jetzt komme ich gewiß als Tiger zu Herrn Singh, war ihr letzter Gedanke, bevor ihr die Augen zufielen; dann tauchte sie ab in die Nacht und schlief bis zum nächsten Morgen fest wie eine Versteinerung.

Achtes Kapitel
Das Katzenforum

Damnio schüttelte sich. So hatte er den klebrigen Compagno denn glücklich hinter sich gebracht, mit einem heftigen Satz über dessen Rücken hinweg und in den braun-rot-gold verschossenen Garten hinein und dabei sogar noch eine brauchbare Adresse mit auf den Weg bekommen. Wie beredt der tugendsame Totengräber ihm immer die Katakomben ausgemalt und mit welcher Begeisterung die Unterwelt geschildert hatte, in der sie gemeinsam Grabsteine wälzen und Gerippe putzen wollten, so verdächtig war dessen Redefluß doch an einer Stelle ins Stocken geraten. Das war, als er gelegentlich auf einen »Friedhof der Unfrommen« zu sprechen kam, »das ist kein guter Ort für uns, mein treuer Freund; dort herrscht mehr Leben als Tod und irren mehr unerlöste Reisende hin und her als würdige Gebeine in den Tiefen ruhen«. Es versteht sich für uns von selbst, daß die Erwähnung fremder Pilgersleute des Katers Interesse sogleich in Anspruch nahm. Da der Hund aber selbst auf das äußerste Drängen hin keine weiteren Erklärungen von sich geben mochte, steigerte sich die Wißbegierde des Damnio so mächtig, daß er sich seiner Spannungen nur noch durch besagten Sprung in den fremden Garten entledigen zu können glaubte. Fortfort, dachte es gleichzeitig in seinem rappeldummen Kopf, nur fort aus der Nähe dieser leichensüchtigen Nase, und wie heftig ihm auch die Dornen um die Ohren peitschten und die engen Staketen ihn zwängten, der Gedanke an reisige Ausländer rief sogleich die schönsten Auferstehungsfreuden in ihm wach. Der Ort, an dem er sich am ersten taufrühen Morgen wiederfand, hatte mit einem Friedhof nicht eben viel zu tun. Die Trümmer einer untergegangenen Welt bedeckten ein Areal von etwa einer viertel Meile im Quadrat, ein wenig vielleicht an die Ruinenstatt von Kenilworth erinnernd, ein wenig mehr vielleicht an die Hadrianische Mauer, aber das war es nicht allein, was einen gewesenen Menschen und eine frischgebackene Katze interessieren konnte. Hinter schiefen Säulenstümpfen hervor und aus unkrautüberwucherten Kellerlöchern heraus drängten bunt gefleckte Rücken und wild beschriftete Stirnen ans Tageslicht, bis es auf einmal vielhundertpfötig den verschlafenen Platz belebte, hier noch die Keulen reckend, dort schon in den Schultersehnen federnd, anderswo bereits die Krallen durch die Zähne ziehend, Damnio hätte schwören mögen, noch niemals so viele Katzen auf einem Haufen gesehen zu haben. Vollends verrückt schien ihm jedoch und beinahe verwirrend, daß man einen Fremdling nicht nach dem

Wohin und Woher seines Weges fragte, sondern nach dem Wohin und Woher des ganzen Katzengeschlechtes.

»Und Ihr, Herr Vetter, habt gewiß auch Eure eigene Meinung zu den neuen Anpassungstheorien?!« Damnio hob eine Braue und zog ein krauses Gesicht. »Nun, Ihr werdet doch wohl eine Ansicht haben!« Damnio leckte sich verlegenheitshalber erst einmal die Nase. »He! munter, Kamerad. Soll sich die Katzenheit noch weiter an die Menschenrasse anpassen, oder wollen wir lieber unsere alten Sitten pflegen?« »Die alten Sitten. Selbstverständlich!«, raunzte im Vorübertrotten ein verstimmter Brummbaß, der seinen Schwanz wie einen schweren Säbel durch die Minze schleifen ließ, »wo kämen wir hin, wenn wir uns auch noch unseren prächtigen Katzencharakter abkaufen lassen würden!« Aber ein kleines schwarz und rot gepunktetes Katzenfräulein antwortete vorwitzig-spitz: »Wir müssen ihm nur tüchtig um die Beine streifen. Je angenehmer wir ihm erscheinen, um so freundlicher wird er uns aufnehmen.« Das zierliche Kätzchen sprach gewiß aus Erfahrung, anders es sich nicht so gefällig und beifallssicher in seinen Hüften gewendet hätte, aber auch der Haudegen sprach aus der seinen, denn sein Reden klang realistisch: »Wir müssen ihm deutlich zeigen, daß er uns den Buckel herunterrutschen kann.« »Ja, uns den Buckel herunter!« und »Heraus mit dem wahren Katzencharakter!« und »Den Faulpelz hochgehalten!« echote es ihm nun von allen Seiten her entgegen, so daß Damnio ohne weitere Fragen wußte, was in dieser Gegend Sache war. »Es ist allerdings das Katzenhafte etwas schwierig zu Ergründendes«, meinte speilzähnig eine aschgraue Vettel mit einem Gänseblümchen im Maul, »und wer es begriffen hat, der hat es schon verloren.« Dann machte sie einen grundlosen Satz auf den verdutzten Damnio zu, biß ihm einmal zweimal heftig in die Backe und kehrte ihm ebenso grundlos und weltvergessen den Buckel, um sich auf einem kniehohen

Mauersturz zur Ruhe auszustrecken. Wäre Damnio sich nicht beschämend dumm vorgekommen, er hätte am liebsten geradenwegs nach dem Sinn des verwirrenden Treibens gefragt – es erinnerte ihn ein wenig an den Hydepark in der großen Stadt London. Erst allmählich ging ihm ein Licht auf, daß er sich nicht irgendwiewo, sondern im geistigen und politischen Zentrum der gesamten Katzenheit befand, genauer gesagt auf dem Katzenforum, wo jeder Redner seinen Blick zunächst einmal aufs große Allgemeine richtete. Hier wurde erörtert, ob die Katze durch den Menschen oder der Mensch nicht eher von der Katze geprägt worden sei. Hier gingen Philosophien um der Art, daß eine Katze in den landesüblichen Kosten-Nutzen-Rechnungen nicht aufgehe und daß auch der Mensch sich mehr und mehr durch eine Hinneigung zum Unnützen auszeichne. Aber auch von der Auswanderung in fremde Länder war an einigen Ecken die Rede, obwohl keiner recht zu sagen wußte, wohin es diesen Vetter oder jene Nichte nun verschlagen habe. »Der hat sein Glück gemacht« hieß es dann einfach von einem, »Die ist auf die Nase gefallen« von der anderen, nur daß seit Katzengedenken eigentlich noch niemand zurückgekommen war, eine Wissenslücke, die Damnio sogleich zum Lob des eigenen schönen Vaterlandes verleitete: »In England hat ein kinderloses Ehepaar die fünfzig oder siebzig Katzen zu seinen leibhaftigen Erben eingesetzt.«

»In England?!« – »Was ist mit England?« Die sensationelle Botschaft sprach sich fast so schnell herum, wie sie dem Munde des bewegten Damnio entschlüpft war; er hätte freilich ebensogut Betschuanaland oder Feuerland oder Helgoland sagen können, es wäre alles auf den gleichen kopflosen Wirbel hinausgelaufen – nun starrte man ihn an, als käme er direkt aus dem Schlaraffenland, wo einem bekanntlich die gebratenen Mäuse in den Mund springen. Damnio fühlte plötzlich etwas in sich anschwellen. Es war erst das zweite Mal, daß er vor anderen Lebewesen auf sein Heimatland zu sprechen kam, und wie es so in ihm emporstieg und durch ihn hindurchströmte, wußte er gar nicht gleich, wo er am besten anfangen sollte, bei den unnachahmlichen Teesitten, bei den unvergleichlichen Eßgewohnheiten, bei den einzigartigen Normannenschlössern, bei dem vorbildlichen und unerreichten Rasensport – Damnio redete bereits in Zungen, ehe er seine Zuhörerschaft richtig wahrgenommen hatte. So entging ihm im Höhenrausch der patriotischen Begeisterung vollkommen, daß die kleine Gemeinde sich so spielerisch zerstreuselte, wie sie gerade eben zusammengekommen war. Erst als er doch einmal einen Punkt in seinen Vortrag setzen mußte, sah er die leergeräumte Stätte um sich herum mit den trostlos verlassenen Sitzdellen; doch mit der Scharfsicht des Gekränkten, der sein volles Herz an eine Sippschaft von Unwürdigen hinzuäußern bereit gewesen war, erkannte er nun auch den tiefsten Grund aller kätzischen Lebensphilosophie. Der Anblick war traurig und abstoßend. Als ob ein dürftiges Mittagsmahl das Höchste der Gefühle wäre und ein angekohlter Hühnerflügel der Weisheit letzter Schluß, trabte und zuckelte, nein, galoppierte nun die ganze Disputantenschar auf eine steinerne Umrandung zu, die den Bezirk des Forums gegen die belebte Straße hin abgrenzte. Fast ärger schien dem Enttäuschten, daß auch die eigenen Beine sich ohne jedes Zutun in Bewegung setzten, die Nase sich in eine insgeheime Duftschneise hineinbohrte, denn, ob er es wollte oder nicht, auch seine Augen hatten letztlich nur ein einziges Bild im Sinn: die üppig behäuften Pappteller und Pergamentpapiere, die einige bunt verkleidete Menschen auf der Balustrade ausgebreitet hatten. Und konnte denn eine Katze das so einfach übersehen?! Halb angezehrte Fisch- und Käsebrötchen klafften gastlich. Pasten und Pizzen dampften verführerisch lecker, als habe man sie eben aus gegenüberliegendem Lokal herangetragen. Köstlich mit Knoblauch gewürzte Müschelchen kollerten zwischen knuspriggoldene Wachtelbeine und doppelt markgefüllte Ochsenbollen neben fingerzarte Rouladenenden, es war beinah nicht zu entscheiden, welchen Bissen man sich als ersten herunterangeln sollte.

Wie jede normale Katze, die sich beim Anblick auch der unerhörtesten Genüsse zunächst einmal nach noch erleseneren umsehen muß, lugte Damnio kurz und kritisch in die Höhe. Er hätte es besser nicht getan. Was ihm als Freudenschreck ins Auge sprang und dann auch gleich den Blick verschlug, war – ließ es sich noch fassen, ja oder nein?! – ein Menschenpaar mit wohlbekannten Nasen, Ohren, Kinnpartien, ein junger Mann mit einem unnachahmlich vorgekröpften Adamsapfel und ein dazugehöriges Mädchen mit einem beispiellos geschwungenen Schwanenhals, Johnny und Joanne, die stadtbekannten ewigen Verlobten aus Kenilworth, dem gewesenen Fremdenführer bestens vertraut und oft genug nach Torschluß noch in die verschlossene Parkanlage eingelassen, nun aber golden beringt, nun vierhändig freizügig ihre Mittagsreste aus einer Plastiktüte schüttelnd, nun offensichtlich vermählt und von einem guten Gott auf diese Hochzeitsreise gesandt. Damnio wußte für einige beklommene Herzschläge lang gar nicht, ob er lachen oder weinen, tanzen oder beten sollte. Während aber die Hoffnungen und Erinnerungen noch in seiner Seele durcheinanderwogten, marschierte sein vor Freude gedunsener Leib bereits schnurstracks auf die beiden Freunde zu und, ehe er es sich versah, streiften seine Flanken knisternd an den Beinen der lieben Joanne entlang.

Zu sagen, was er eigentlich wollte – »He, liebe Landsleute« etwa oder »Ihr guten Retter und Briten, so hat denn die erbarmungswürdige Verbannung durch euch ein glückliches Ende gefunden« –, ließ ihm der Gang der Handlung leider keine Zeit. Als ob ein widriges Ungeheuer es berührt oder als ob es unversehens in ein Schlangennest gegriffen hätte, schauderte das törichte Geschöpf verschreckt zusammen, eine Ekelsanwandlung, die sich in einer heftigen Stoßbewegung seines lofotengrünen Stiefelchens entlud: »Nein, nicht du!« Und wie um den unseligen Kater endgültig in die ewige Verdammnis hinabzustoßen, flüchtete sie sich hinter den Rücken des jungen Mannes und sagte angewidert schrill: »Geh, schaff mir den fetten Balg da vom Halse.« »Najanun«, sagte der und »Wohlwohl« und »Er hat dich eben sehr gern, der alte Zausel«, zeigte ihm auch zunächst die eisenbeschlagene Stiefelsohle, ehe er sich zu einem schwarz und rot gepunkteten Katzenfräulein niederbeugte und es, eilig wie ein Dieb, an seine Brust hob: »Und was sagt meine Joanne zu solchem netten Souvenir?«

Damnio glaubte für einen Augenblick, daß ihm ein Eiszapfen ins Herz gefahren wäre. Dumpf auf den Fleck genagelt saß er da. In einer zufälligen Abwehrwendung seines Leibes festgefroren, erinnerte er eher an die Statue einer zu grauem Wackerstein erstarrten Niobe als an ein fühlendes Erdenwesen. Erst als die beiden Landsleute mit ihrem Fang um die nächste Ecke verschwunden waren, vermochte er zunächst die eine und dann auch die anderen Pfoten von der Erde zu lösen, und – in einem Anfall sinnloser Entschlossenheit – fuhr er mit dem Kopf blindlings in die Plastiktüte hinein und raste mit dem grausen Kopfputz durch die leergefegte Arena. Darauf aber stand in ketchuproter Flammenschrift »SAINTSBURIE'S SUPERMARKET lohnt jeden Besuch«.

Neuntes Kapitel
Das Gewand

Jedes Geheimnis hat bekanntlich ein Loch, jedes Wunder besitzt seine Nahtstelle, und wenn man daran rührt, erzittern für den Betroffenen die Festen der Welt. Seit Minnie mit dem Sprechen das Denken gelernt hatte und mit dem Denken ins Sinnieren gekommen war, gab es nichts auf der Welt, was ihrem Kopf so ausgiebig zu schaffen machte wie das Geheimnis der menschlichen Kleider. Woher mochte das alles nur kommen, rot, grün oder blau, was bei den anderen Mädchen des Landes so verschwenderisch aus den Scheitelnähten quoll oder einem unsichtbaren Nackenwirbel entsprang, sie war so wunderschön, die fremde

Pracht, und mit normalen Gedanken nicht mehr zu erklären. Auch bunt gemusterte und hübsch gesäumte Bahnen waren zu sehen, die ihren Ausgang offensichtlich zwischen den Schulterblättern nahmen. Auch gab es Kleider, die anscheinend von den Fußknöcheln an aufwärts strebten, oft sogar farbig abgesetzt in der Mitte oder durch Schärpen oder Gürtel anmutig unterbrochen, dagegen nahm sich das eigene schlichte Gewand schon fast ein wenig ärmlich aus. Das wuchs, wie es die Natur gegeben hatte, über dem Nabel auf und schmiegte sich wie weiche Kürbisblütenblätter um den Leib herum, allein, wenn es für den Beruf einer Hochseilkünstlerin auch vergleichsweise praktisch war, so gingen doch schon die schönen Gezeiten der Mode völlig spurlos an ihm vorüber. Eintönig gelb schoß es nach, Windung für Windung, Wickel um Wickel, und keine Borte am Saum und keine eingewebte Blumengirlande wollten den end- und anfangslosen Wüstenton etwas aufheitern.

In dem ewig entdeckungsgierigen Kopf des Herrn Singh gingen die Gedanken gerade andersherum. Woher diese unerklärliche Widerstandskraft eines seidenzarten Gewebes, fragte er sich, und wieso dieser durch keine Beanspruchung zu verderbende Honigglanz, wo ihm noch niemals zu Augen gekommen war, daß Minnie Ghinga ihren Sari gewechselt oder auch nur gewaschen hätte. War es denn auszudenken, daß ein Kleid, tagsüber bei den Proben getragen und abends auf der Bühne auch nicht gerade geschont, am nächsten Tage saß wie angegossen? Ging es hier noch mit rechten Dingen zu, wo ein mit Ausdauer strapaziertes und in keinem Falle achtsam behandeltes Gewand Morgen für Morgen fiel, als habe es sich im Schlaf zurechtgelegen?! Weil Rhama Singh aber nicht bloß ein großer Zaubermeister war, sondern auch ein fanatischer Entzauberungsartist, den nichts so heftig interessierte wie das Zustandekommen neuer magischer Tricks, beschloß er für sich, dem Rätsel auf den Grund zu gehen.

Der Zeitpunkt schien außerdem günstig. Da Minnie von ihrem unerlaubten Ausflug in die Stadt immer noch etwas erschöpft war und Meister Singh sie ihre Schuld und ihre Schulden reichlich am Hochreck hatte büßen lassen, fiel Minnie am Abend meist schon früh in einen tiefen Betäubungsschlaf. Eines Nachts, als der Magier sie längst in undurchdringlichen Träumen wähnte, schlich er sich auf leisen Zaubererzehen in die Kammer der Entschlummerten, griff mit vorsichtigen Pinzettfingern nach dem Saum des längst schon wieder seidigen-geschmeidigen Gewandes und trennte einen schmalen Stoffstreifen von seiner unteren Kante ab. Nicht ohne gewisse unliebsame Nebenerscheinungen, müssen wir leider einräumen, denn ehe der allerletzte Faden sich noch gelöst hatte und gerade so, als ob er durch geheime Bande mit der Seele des Mädchens verbunden sei, richtete diese sich wie eine an Fäden gezogene Marionette auf, öffnete sie die Augen, zwei hellgrüne unreife Weintrauben, preßte die Zähne auf die Lippen, ein zerbissener Apfelbutzen, und als der verbiesterte Magier nun doch schnell das Fädchen abriß, schrie es aus Minnie Ghingas geheimsten Leibestiefen heraus, als habe man ihr Arges zugefügt. Rhama Singh raffte in ungewohnter Beklommenheit den erschlichenen Fetzen an die Brust und entfernte sich unter Beben.

Am nächsten Morgen fühlte Minnie sich krank – Singh nannte es in gespielter Herablassung »etwas unpäßlich« –, doch keine Lockung, keine Drohung und auch keine lecker zubereitete Lieblingsspeise vermochten das Mädchen von seinem Lager hochzutreiben. Nach etwa einer Woche konnte es selbst der gewiegte Kaschierekünstler nicht mehr leugnen, daß es mit Minnie ein bedrohliches Bewenden habe. Wie unter einem Zwang strich sie an ihrem arg zerschlissenen Gewand entlang, als ob es etwas glattzubügeln oder gutzumachen gäbe. Auch hatte sich eine häßliche graurote Räude an Hals und Handgelenken niedergeschlagen.

Nur daß der Scharfsicht, die ein schlechtes Gewissen macht, der wahre Grund des Übels kaum verborgen bleiben konnte. Von dem unteren Saum ihres Kleides seinen Ausgang nehmend, genaugenommen von einer beinah unsichtbaren Schnittkante her, fraß sich ein böser Grind in Hexenringen am Gewebe hoch, gewann in der Gegend des Nabels den Anschluß zu weiteren brandigen Stellen und griff erst dann allmählich auf die unbedeckten Hautpartien über. Oh, wie der entdeckungsgierige, enthüllungssüchtige Zauberer jetzt sein Aufklärungswerk bedauerte. Wie grau befleckt und schuldbeladen er sich fühlte und unter welchen heftigen Selbstanklagen er sich wand! Dennoch ahnte er wohl, daß da Beziehungen bestehen müßten, irgendwiewelche, in jedem Falle magische und schwer entzifferbare zwischen der Haut und dem Hemd, und weil Rhama Singh am Ende doch nicht der Mann war, ein Geheimnis auf sich beruhen zu lassen, zerteilte er den geraubten Streifen in zwei gleichgroße Stücke und schickte das eine – EINGE-SCHRIEBEN/EXPRESS – an das »Landesinstitut für Textil- und Faserforschung« in der Hauptstadt Neu Delhi. Die Auskunft des Laboratoriums erfolgte prompt und war vieldeutig: Kein natürliches, aber auch kein künstliches Gewebe, sondern etwas unbekanntes Drittes. Damit war der geplagten Minnie nicht genutzt, aber auch ihrem tatendurstigen Impresario nicht geholfen, und Rhama Singh kalkulierte den Schaden. Da hatte er nun in die teuersten Balanciergeräte und Seilanlagen investiert, und was war ihm geblieben außer der Erinnerung an gar nicht mehr vorstellbare Vorstellungen? Da war einmal das tägliche Kostgeld gewesen, aber auch das wöchentliche Schulgeld und am Ende sogar noch die erpresserischen Forderungen der Raffle's Companie, und zu welchen Gipfeln hatte es ihn geführt außer zu diesen nicht mehr überkletterbaren Schuldenbergen? Alte Bedenken schlichen sich unversehens in Rhama Singhs bewegte Phantasien ein. Seine Gedanken strebten zurück und irrten im Kreis und glitten unwillkürlich in die Spuren längst erstorben geglaubter Verdächtigungen – was, wenn das Mädchen doch vielleicht im Auftrag gehandelt hatte seiner alten Widersacherin, wenn sie ihr willenloses Werkzeug gewesen war, ihre Agentin, Spionin oder Helfershelferin? Deren magische Kräfte einmal ins Unwahrscheinliche gedacht, mochte selbst noch der hohe Richter nur ein kleines Steinchen auf ihrem Brett gewesen sein, mochte auch ein scheinbar weiser Schiedsspruch einen Hauch von ihrem Teufelsbrodem abbekommen haben. Weil es aber in dieser Welt auf einen erfinderischen Kopf und zehn wieselflinke Finger an zwei geschickten Händen gar nicht mehr anzukommen schien und die bergeversetzende Kraft eines bösen Willens beinah offenbar war, dachte der Zauberkünstler immer häufiger an Wege, die nicht jeder ging.

Als der weiße Magier Rhama Singh bei der grauen Schamanin Kattia Khadaveri vorsprach, hatte diese ihn schon erwartet. »Das ist wahrhaftig ein ungemeiner Stoff«, empfing sie ihn mit bedeutungsvollem Zähnefletschen, »den Ihr in Eurer Brusttasche bei Euch tragt. Es ist ein fremdes Leben darin.« Rhama Singh, der in seiner Jugend eine gute englische Schule besucht hatte und mithin dort auch das englische Denken gelernt, dieses herrliche englische Denken, das für jede Wirkung eine Ursache zu nennen wußte und für jeden Nutzen die Kosten, Rhama Singh hielt die Hände fest an den Brustlatz gepreßt und faßte sich in Kälte. »Es gibt tierische Stoffe, pflanzliche Stoffe und synthetisch künstliche Stoffe«, antwortete er so nüchtern wie ein Prospekt für Waschmaschinen, obwohl sich ihm die Wörter bereits zu Lehm verklumpten, »es gibt Seide, Wolle, Kattun und Kunstfasern, wie sollte da mehr an Leben hineingelangen als eine schöne Frau mit ihrem Gang hineinlegt?« »Ja, es gibt unbeseelten Stoff und es gibt den lebendigen«, fuhr die Alte gänzlich unbeeindruckt fort, »man muß ihn nur richtig reizen und peitschen, um seine wirkliche Machart kennenzulernen. Man kann ihn natürlich auch gerben. Oder sengen und brennen. Man kann ihn aber beispielsweise auch« – und sie zog eine spannlange goldene Nadel unter ihrem mitternachtsschwarzen Gewand hervor – »mit einer Ahle spicken, einem magischen Messer zusetzen, einem geweihten Dolch zu Leibe rücken, einmal – zweimal – dreimal« – und während sie so unbarmherzig sprach und ihre Augen das geringe Sternenlicht zu einem spitzig dünnen Strahl zu bündeln schienen, hatte sie dem schnellfingrigen Singh auf einen kurzen Zug das Tuch aus der Weste gezogen und – eins, zwei, drei – hieb sie auf den armen Fetzen ein, als wolle sie in ihm einen wirklichen Menschen erstechen. »Halt!« wollte er sagen und »Tut ihr nichts an« und »Laßt ab von dem Flicken, auf der Stelle, laßt ihn beieinander«, der aber tanzte und zappelte auf einmal recht munter herum, um so beweglicher, je heftiger die Alte auf ihn eindrang. Als sie schließlich doch noch abließ von ihm, plötzlich, als ob ihr Interesse unvermittelt erloschen sei und ihre Gedanken schon in anderen Tiefen weilten, ging es noch einmal wie ein lebendiger Ruck durch den verwaisten Streifen, dann lag er wieder glatt und unbeschädigt da, beinahe ausgeruht, ein seltsam schweflig golden glänzendes Stück Tuch, an dem kein Mensch nur die geringste Verletzung erkennen konnte. Rhama Singh, wiewohl er sich entsetzte bis ins Mark, lud dennoch die Alte höflich in seinen alten Chevrolet ein und fuhr mit ihr bei verhängten Fenstern in die hell erleuchtete Stadt.

Der Eintritt in das Krankenzimmer war ihnen leichtgemacht, da Minnie sich nicht mehr die Mühe gab, ihre Räume zu verschließen. Auch schien sie in einen Schlaf versunken, der die Welt bereits hinter sich hatte, sehr unzudringlich und dem Raum und der Zeit enthoben. Der Aussatz hatte sich anscheinend unaufhaltsam weitergefressen. Gewand und Gesicht waren gleichermaßen von übel nässenden Schwären bedeckt, das Kleid an Halsansatz und Handgelenken festgewachsen, die einzelnen Geschwüre häßliche lippenlose Münder, in die der Stoff einfloß wie eine heimliche Speise. Rhama Singh, dem die Angst zinnoberrot auf der Stirn geschrieben stand, hätte am liebsten gleich einen englischen Tropenarzt gerufen, aber die Alte schüttelte nur unmutig den schwarz verhangenen Kopf. »Seht einmal, Sahib, woran man einen bösen Geist erkennt«, sprach sie mit einer störrischen Entschiedenheit, die keinen Widerspruch duldete, und bürstete das Tuch etwas unsanft gegen den Strich, da sprangen augenblicklich silberrote Funken aus Minnies versehrtem Gewand. »Noch nicht genug. Noch nicht genug«, fuhr sie fort und zog die goldene Ahle hervor und kritzte und ritzte den Fetzen, daß es nur so eine Art hatte, und wieder schien Bewegung in das Kleid zu fahren, denn es zuckte und züngelte dem verlorenen Flicken entgegen, als wolle es ihm eigenmächtig entgegenfliegen.

»Noch nicht genug!« hieß es wiederum, und obwohl Meister Singh der Schamanin Einhalt gebieten wollte, schienen seine Hände doch auf einmal zu toten Luftwurzeln erstarrt, schien sein eigener Kopf ihm wie ausgestopft, und die Hexe fältete und formte das Tuch zu seltsamen Fratzen, einer Teufelsmaske, einem Schnabelgesicht, einer Krokodilsgestalt, aber erst als der Stoff unter ihren Händen kleine spitzige Öhrchen bekam und hinten sich ein Buckel wölbte und vorne ein stumpfes Schnäuzchen mit frech zur Seite gespreizten Borstenfäden daran, ging es erneut wie ein gewaltiger Ruck durch das Kleid, durch den Leib, und als die Alte gar mit einer Kerosinlaterne näherrückte und das Schattenbildnis einer gekrümmten Katze auf der weiß gekalkten Wand erschien, riß es die Kranke plötzlich von ihrem Lager hoch, und unverwechselbar wie eine getretene Katze jaulte Minnie Gingha in die fürchterliche Nacht hinein.

Kattia Khadaveri, die große Zauberin, knüllte

das Tuch zu einem formlosen Wulst zusammen und nickte ein paarmal vieldeutig vor sich hin. »Gebt mir den übrigen Stoff«, sagte sie mit einer gewissen geschäftigen Geistesabwesenheit zu Singh, »gebt mir den restlichen Fetzen, daß ich sehe, wie ein Mensch mit seinem Fell zusammenhängt«, und während Singh in großer Eile nach dem Stückchen suchte, das er von dem *Institut für Faserforschung* zurückerhalten, begann sie bereits, den einen Flicken an den ausgefransten Saum zu heften. »Gleich ist es genug«, murmelte sie beschwörend gegen die unsichtbare Naht. »Gleich wird es werden«, raspelte sie gegen den geheimnisvoll verschweißten Stoff, denn man sah sie nur immer wieder mit der Rundnadel zustechen, ohne daß man eines Fadens ansichtig wurde. »Gleich wirst du neu und unverdorben diesem Leib anliegen.« Und als sie den letzten Stich ausgeführt und die letzte Silbe über die Schrunde hinweggehaucht hatte, schlug Minnie Ghinga ohne das geringste Erstaunen die Augen auf, erhob sich von der Bambusmatte und löschte behutsam das Licht. Dann legte sie sich wieder nieder, als ob nie etwas gewesen wäre und kein zweiter oder dritter Mensch mit ihr das Zimmer teilte. Als Rhama Singh am nächsten Morgen nach dem Mädchen sehen wollte, eine gemeinsame Zukunft mit ihm zu besprechen, fand er das Fenster geöffnet und Minnie nicht mehr in der Kammer.

Zehntes Kapitel
Denen die auferstehen ...

RESURRECTURIS hatte in mächtigen römischen Lettern über dem Eingangstor gestanden, und ohne daß er ihren Sinn erraten konnte, waren Damnio die fremden Laute wie eine Zauberweise nachgegangen. RESURRECTURIS, das ließ sich so schön gedankenlos murmeln und schnurren und mitgurgeln. RESURRECTURIS, das summte und surrte um einen herum wie ein unaufhörliches Uhrwerk, wie ein endloses Lied von ewiger Ruhe und ewigem Weitersprudeln, man mußte es nur genügend lange in den Schnurrbart brummeln, um darüber schließlich die Zeit zu vergessen und den Kopf aus dem Bewußtsein zu verlieren. Die Hoffnung, einen schnellen Absprung zu finden, hatte er schon seit Jahren aufgegeben. Alten Damen unentwegt um die spirrigen Waden streichen oder ausgedienten Kolonialoffizieren an den Ledergamaschen entlang, das war auch nichts gewesen. Er hatte sich in Kämpfe verwickeln lassen – wie oft? –, die ihn eigentlich gar nichts angingen, sich an Neigungen verloren, die ihm meist nur Hiebe und Hohn einbrachten; da des Menschen Herz nun einmal mit Tugend nicht zu erweichen war und mit Gewalt hier nichts auszurichten, geschah es ihm aber, daß er sich allmählich in den Pelz hineingewöhnte und vertraut wurde mit seinen Klauen.

Und war der Frühling nicht etwa auch ganz schön in diesem üppigen Land mit seinen Geißblatt- und Gardeniengrüßen, und war es der Sommer nicht, wenn er schon früh um fünf die steinernen Liegeplätze anwärmte? Da konnte sich Damnio ganze Tage lang auf die geliebten Inschriften hinlagern, TSRUHTAB ASOR, welch süßes Siegel zum Beispiel für ein empfindsames Fell, und YLLEHS EHSSYB YCREP, welche erhabene Prägung für ein eindrucksfähiges Gemüt; gar nicht zu zählen all die vielen salzigsüßen Heimwehtränen, die er im Angesicht der teuren Namen KEATS und SEVERN vergossen hatte. Es war aber ein wunderliches Heimweh. Es führte die Gedanken unsäglich sanft in die Ferne und setzte sie am Ende beruhigt unter den weitgespannten Pinienschirmen ab. Es hob sich mit den Vögeln immer wieder neu begierig in die Lüfte und segelte über die Gartenmauer hinweg und kühn an der Pyramide des Cestius vorbei, aber kaum daß es die Alpen überwunden und den Kanal überquert und das grau-und-grüne Dover unter sich gesehen hatte, lenkte es wie von selbst zu seinem Ausgangsort zurück und ließ sich wieder ein auf das betörende Gelispel von beständiger Gewesenheit. Nur ganz manchmal, wenn ihm seine andere Natur wie eine wirkliche zu Kopf stieg – wenn er Coventry-Cockney-Laute hörte, englischen Tabak roch oder schottisch karierte Röcke vor seiner Nase vorbeiwedeln sah –, zog sich sein zeit- und schwereloses Herz mit einem Ruck zusammen, eine gespannte Kanonenkugel, die nichts anderes wollte, als auf der Stelle nach Hause geschossen werden.

»Haben Sie gesehen, Herr Damnio«, fragte ihn mit hoher empörter Stimme ein schwarz gescheitelter Kastrat, »daß sich wieder drei junge Damen eine Mitfahrgelegenheit ersungen haben?« »Ach, ersungen?!«, erwiderte mit einem abschätzig verwaschenen Pfotenwink der Gemeinte und fuhr fort, einem Windstoß zuzuwarten, der die aus dem Papierkorb gefallene »Times« vor ihm aufblättern sollte. Der meist knausrig kurzatmige, mal auch wieder unverhofft aufbrausende Wind zipfelte aber nur gedankenverloren an den Ecken der Zeitung herum, gerade so, als wäre ein lesender Kater die gewöhnlichste Sache von der Welt. Erst als sich der, des Wartens müde, schon wieder trollen wollte, hob der eigensinnige Wind das ganze Blatt vor ihm auf, drehte es dreimal-viermal über seiner gelüpften Nase herum und ließ es dann, klatsch, mit der richtigen verkehrten Seite nach unten auf den Boden niederfallen: »EIN HUND KREIST DURCH DAS ALL – Tierfreunde des Vereinigten Königreiches protestieren gegen russische Tierversuche im Weltraum.« Damnio, der die üblichen menschlichen Regungen lange hinter sich geglaubt, stand mit einem Sprung vierpfötig auf den Zeilen. Soweit war es also gekommen! Soweit hatte der Mensch sich also über den eigenen Kopf erhoben und von seinen irdischen Pflichten entfernt; aber ach, zwischen Portland und Pentland mein verfluchtes Vaterland, auch du, mit welch fader Entrüstung genoß es nun sein moralisches Nasenschniefen. Was in der Mißachtung eines verwunschenen Katers Mensch und Tier zugleich beleidigte, wagte sich zu empören. Was vor der Wahl zwischen »menschlich« und »göttlich« immer nur »niedlich« zu antworten wußte, warf sich selbstgerecht in die Brust. Bei all den widerstrebenden Gedanken und Gefühlen, die ihm das Herz mal in die eine Richtung, mal auch wieder in die entgegengesetzte trieben, steigerte Damnio sich bald in eine so ausweglose Wut hinein, daß er der ungeordneten Leidenschaften nur noch durch die heftigsten Bewegungen seiner Klauen Herr zu werden glaubte, und – kritz und kratz und ratzepatz – hatte er das beleidigende Papier zu seinen Füßen in tausend kleine Schnipsel zerfetzt. Unter anderem eine kurze Nachricht in der Rubrik »Vermischtes«: »Grausiger Fund in Schloßruine… Es wird vermutet, daß es sich um das Skelett eines vor nunmehr fünf Jahren verschollenen Fremdenführers handelt, der…« Die freilich hatte der Rasende schon nicht mehr zur Kenntnis genommen, anders er sich gewiß nicht so entschieden abgesetzt und im äußersten Winkel des Gartens zur Ruhe begeben hätte.

Am frühen Abend, die Wärter hatten bereits die eisernen Tore geschlossen und die Bonbonpapiere und Zeitungsreste mit spitzen Stöcken aufgepickt, bewegten sich von der Ostseite her junge Männer in eisengrauem Drillich und mit rauhen Jutesäcken unter den Armen auf die Friedhofsanlage zu. Sie verweilten kurz im Mondschatten der durch einen tiefen Graben vom Totenanger getrennten Pyramide, schwangen sich an langen, mit Wurfankern versehenen Seilen an der Mauerbefestigung hoch und begannen, das Gelände nach geheimnisvollen Schätzen abzusuchen. Dabei wurden ihre Tragsäcke immer voller, ihre Rücken immer krummer, ihre Bewegungen immer torkeliger, bis sie unter seltsam verrenkten Körperbewegungen wieder zurücktappten, ihre Beute eilig abseilten und erneut in den Garten vordrangen. Als sie bis zum letzten Armenwinkel im äußersten Süden alles durchgekämmt hatten, meinte endlich einer von ihnen: »Jetzt ist Schluß. Jetzt werden wir nur noch schnell das Forum inspizieren.« Aber ein anderer, dem das Mondlicht eine üble Besserwissermiene aufgemalt hatte, sagte spitz und mit böser Beharrlichkeit: »Kenn einer die Katzen. Die beziehen manchmal seltsame Quartiere.« Damit näherte er sich einem kreuzweis verschichteten Holzstoß, bog ein paar niederhängende Lorbeerzweige auseinander, zeigte auf einen unscheinbaren grauen Fladen, den ein sanfter Atem friedlich hob und senkte, streichelte mit behutsamen Händen liebreich drüberhin, aber ehe Damnio seine Augen noch richtig geöffnet hatte, war der Mond und mit ihm die Welt bereits für ihn untergegangen. »So, das war die Nummer fünfhundert«, sagte selbstzufrieden der Besserwisser. Und der andere: »Evviva la società britannica per la protezione degli animali!« Das aber verstand der arme Damnio so wenig wie wir, denn er konnte kein Italienisch.

Elftes Kapitel
Gewiß kein gewöhnliches Schiff

Ein trostloses Schiff, ein stinkendes Schiff, aber ganz gewiß kein gewöhnliches. Auf dem Deck und in den Laderäumen stauten sich vergitterte Boxen, die eigentlich arge Verliese waren, eng kalkulierte Kollis, in denen Bengaltiger staken mit grämlich verrenkten Gesichtern und zusammengepreßte Schneegeier mit vom Kot zusammengebackenen Flügeln, eine äußerst empfindliche Fracht, die umständehalber an einen gewissenlosen Vermittler geraten war. In der Not frißt der Teufel Fliegen und weicht ein Großwildfänger schon einmal auf einen Viehtransporter aus. Als das Spezialschiff Victoria

III an der Mole von Bombay mit einem Schraubenwellenschaden festlag und der Fänger Buytendijk seine unersetzlichen Koupreys und Schweinshirsche schon an die Freibank hingeschleudert sah, warf er all seinen Mut auf die Cristobal Colon, das untauglichste Schiff im Hafen, aber in einem kritischen Augenblick die einzige freie Kapazität. Daß Buytendijk auf dem falschen Dampfer war, merkte er spätestens vor der Weihrauchküste. Ein wüster Orkan kam auf, wie er in diesen stillen Breiten gar nicht möglich war, dennoch rückte er an mit der Wucht einer losgelassenen Tatsache, und Schiff und Mannschaft zeigten ihre Grenzen. Ohnmächtig standen die fremden Männer aus Honduras und Panama vor dem Schaden, als das Wasser in die ungeschützten Ställe der Gaur-Rinder eindrang und die empfindsamen Kolosse sich die Hörner an den Gatterstäben zerstoovten. Kopfloser fast als die unermüdlich hustenden und kreischenden Rhesusäffchen irrten sie in den schmalen Gängen zwischen den Boxen hin und her, um schließlich nichts zu tun, als die allgemeine Verbiesterung zu vermehren. Der Transport, so ließ sich auf der Höhe von Kap Saukira oder Kap Scherbedat bereits sagen, war unterm Strich ein Verlust, denn Sturm war Sturm und Bruch blieb Bruch und eine Fahrt unter panamesischer Flagge ein unabänderliches Versicherungsrisiko. Da mußte der Fänger Buytendijk schon froh sein, als man beim Wassernehmen im ruhigen Aden das Kabel eines italienischen Agenten vorfand: »Erbitten Rückantwort, ob 500 Lab-Katzen Via Rom / Ostia–Southampton.« »Soweit sind wir gekommen«, sagte der Fänger, »daß wir statt Exoten jetzt schon Laboratoriumsmiezen markten.« Weil aber von den unterschiedlichen Stimmen in eines Menschen Brust am Ende meist die Stimme der Vernunft siegt und mit gekränkter Eitelkeit kein Geschäft zu machen ist, telegrafierte er postwendend zurück: »Kapazität Lab-Katzen bis zu Stückzahl 1000.« Dann meinte er, daß er sich dringend einen Whisky genehmigen müsse, und um sich eine angenehme Gesellschaft zu gönnen, dippte er seiner neuen Menageristin vertraulich an die Schulter: »Wenn ich Sie denn zu einem Schluck in Ihrer Farbe einladen dürfte, mein Fräulein.« Minnie Ghinga, die zwar die Welt als ganze nicht verstand, aber doch das flüchtige Zuhören und das richtige belanglose Antworten gelernt hatte, erwiderte leicht und drüberhin: »Aber nur, wenn Sie mir bei unserem Aufenthalt in Rom den Papst und den Petersdom zeigen.« »Wie versprochen«, sagte der Fänger, »und wer weiß, vielleicht kommt da noch eine kleine Aufgabe auf uns zu.«

In der Nacht träumte Minnie Ghinga Tagebuch. Ihre mehreren Leben, das älteste wie die neueren, gingen bei der sanften Dünung ahnungsvoll-unordentlich durcheinander, und für Augenblicke kam sogar eine wirkliche Wahrheit dabei heraus. Was zuerst auftauchte, paradiesapfelrot, war ein Gesicht mit lustigen Blasebalgbacken und doppelmittelmeerblauen

Augen darin, das war zweifellos der Herr Buytendijk. Dann dahinter ein eher kaffeebraunes Oval, das in der Länge durch einen messerscharfen Nasenrücken halbiert und der Breite nach durch ein zweispitzig ausscherendes Bärtchen unterteilt wurde, doch wie es in Träumen so ist – allez hopp und allez ab und schnippschnapp –, war das Bärtchen auf einmal tatsächlich zum Scherchen geworden, zu einer bös lebendigen Schnippelschere, die Minnie Ghinga nach den Haaren trachtete, da war es ihr schon lieb, daß es ihr – schnipp! – nur diesen bunten Traum abknappste.

Etwas unsicher blinzelte das Mädchen zu einem goldgerahmten Spiegel empor, der dann aber das vertraute messingfarbene Bullauge war, und versuchte, ihre Position zu bestimmen. Seit sie den Zaubermann verlassen hatte, halb planlos und halb ahnungsvoll, wie viele Jahre mochten inzwischen vergangen sein? Sie rechnete hin und rechnete her, aber weil ihr das Rechnen noch viel schwerer fiel als das

Schreiben, erschien die verstrichene Zeit ihr einmal recht kurz und einmal wieder sehr lang. Wenn sie es genau bedachte, war es nicht einmal nur Furcht gewesen, die sie damals so übereilt aus dem Haus getrieben hatte. Wenn sie es offen sagen sollte, war sie einfach einem unbestimmten Instinkt gefolgt, einer Ahnung von etwas, das es noch nicht gab, einer Erinnerung an Dinge, die nicht richtig klar werden wollten, im ganzen einem Traum, nicht direkt Hoffnung, eher einem Appetit des Auges, und der dann hatte sie über den kürzesten Weg in eine ätherisch duftende Gegend geführt, wo hinter einer ewig langen Steinschwelle die Welt in Wasser überging. Auf schwimmenden Häusern und Schuppen eilten eigenartig verkleidete Menschen hin und her. Zahllose Jongleure und Balancierkünstler trugen Säcke und Tonnen und Kistenkästen über schwankende Stege. Am meisten wurde ihr Auge aber von einem bunten Tuch mit wahren Hexenfarben-Zaubermustern angezogen, einem völlig verqueren Doppel-

Kreuz mit roten Balken und weißen Biesen und auf blauem Grunde. Ja, wer daraus ein Kleid bekommen könnte, dachte sie und lief am Kai entlang, um nach weiteren solchen Stoffetzen Ausschau zu halten.

Wäre ihr das Wort geläufig gewesen, sie hätte den Hafenpolizisten gehörig zurechtgewiesen, der sie bei einem Kontrollgang eine »Streunerin« nannte. So mußte sie denn zunächst die anderen Leute für sich antworten lassen, die fliegenden Teppichhändler vom Kai, die Filetierer aus den Fischverarbeitungshallen und den Wirt von der »Goldenen Garnele«, die, wiewohl sie Minnie erst seit kurzem kannten, einen ziemlich ausgefallenen Gefallen an ihr gefunden hatten. Der wahre Grund der Neigung war dabei wohl schwer auf einen Namen zu bringen. Ohne jedes Verdienst war sie den ungehobelten Leuten des verkommenen Bezirks zu einer freundlichen Erscheinung geworden, ohne jedes Zutun verwöhnte man sie mit geneigten Grüßen und gelegentlichen Reis-

und Fischhäppchen, bis der zuvorkommende Wirt sie eines Tages fragte, ob sie nicht bei ihm ausschenken wolle. Da hatte Minnie Ghinga, ohne groß zu überlegen, ja gesagt.

Den klumpigen Zudringlichkeiten der betrunkenen Matrosen zu entgehen, bedurfte es gar nicht so viel. Verratzte Lumpen aus aller Herren Länder kehrten großspurig in die »Garnele« ein, um am Ende friedlich und kleinlaut wieder zu scheiden, oft nur von einem eindringlichen Blick gezügelt oder mit einem kleinen Brauenhissen zurechtgewiesen. Als ein einflußreicher Zuhälter das Mädchen einmal allzu zäh behelligte, scharten sich die Lotsen und Fahrensleute um sie herum wie um eine eigene Fahne – die sollte ihnen erhalten bleiben. Als ein andermal allzu eifrige Zollbeamte sie wegen kleiner Schmugglerdienste in Haft nehmen wollten, beteuerte die ganze bis unters Dach gefüllte »Garnele« ihre ausgesuchte Unschuld, wie man etwa die Lauterkeit eines lieb und teuren Talismans beschwört. Erst als am

23. Mai des Jahres 1959 der Fänger Buytendijk die bunten Perlenschnüre vor der Eingangsöffnung beiseite schlug und einen Duft mit sich hereintrug, eigenartig gemischt aus Moschusschmer und Tigerschweiß und Baldrianabsud, geschah es, daß Minnie sich, entgegen ihren sonstigen Gewohnheiten, zu einem mitgebrachten Kräuterschnäpschen einladen ließ. »Das ist ein wunderbares Lebenselixier«, sagte unbefangen dreist der Holländer, »mit der auflösenden Gewalt des Feuerwassers und der befriedenden des echten Bergbaldrians, daran sollte jeder fühlende Mensch einmal gezutzelt haben.« Und als es Minnie Ghinga sogleich magisch an die Öffnung seiner Feldflasche gezogen hatte, um eine weitere Wendung unverschämter: »Und Sie, mein schönes Kind, erfühlen dabei was und träumen sich wohin?« Minnie Ghinga, die nicht einmal die Zeit fand, sich über das gewaltige Gelüsten nach dem unbekannten Stoff ein paar besondere Gedanken zu machen, nahm noch einmal einen ehrfurchtgebietenden

Schluck von dem Baldrian-Brandy und antwortete schlankweg: »Ich möchte wilde Tiere hüten und nach England reisen.« So kam sie denn ohne die Angabe von weiteren Gründen an Bord der »Cristobal Colon«.

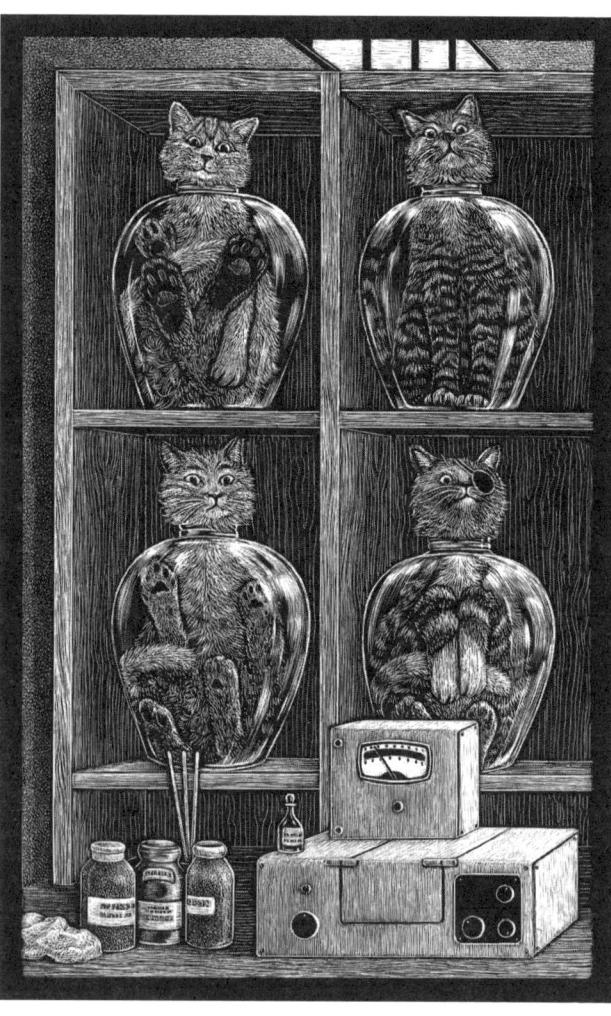

Zwölftes Kapitel
Daheim und in der Hölle

Verschlungen und undurchsichtig sind die Wege des Himmels, aber die Pfade einer Katze führen am Ende allemal auf den Anfang zu. Zum Beispiel, »was uns auf dieser Welt am dringlichsten interessiert«, sagte mit einem selbstgefälligen Mantelwedeln der Doktor Honeywell, »ist das große Geheimnis der kätzischen Heimfindekunst. Ihm auf die Schliche zu kommen, haben wir uns die sinnreichsten Suchinstrumente einfallen lassen, eines verfänglicher als das andere. Ihm uns pünktchenweise zu nähern, fräsen wir uns Millimeter um Millimeter, Mü um Mü in die untersten Hirnregionen unserer kleinen Laborkameraden vor, und ich sage Ihnen, Miss Ginger, auch wenn sich der Tierwelt dabei sämtliche Haare sträuben mögen, die Wissenschaft wird ihren entbehrungsvollen Weg mit Fleiß zu Ende gehen.« Um sich der jungen Dame näher zu erklären, packte der Doktor sie vertraulich mit der säuretätowierten Hand beim Oberarm, öffnete eine mit vielen bunten Verbots- und Hinweisschildern markierte Eisentür – »Unsere neue Anpassungsschleuse, unsere Quarantänestation« – und hieß Minnie Ghinga, ihm durch einen schwach erleuchteten Korridor zu folgen. Es waren keine richtigen Gedanken, die in Minnies Kopf herumflackerten und einen Anschluß suchten wie die Ionenschwärme in einer defekten Neonleuchte, es waren unentschlossene Lichtzungen hier und plötzliche Übersprünge oder Durchbrüche dort, die aber auch zusammen keinen rechten Sinn ergaben. Sie hatte den Zauberkreis des Magiers Rhama Singh durchbrochen, ohne zu ahnen, wohin der Weg sie führen würde. Sie war dem Fänger gefolgt in einer Anwandlung aus Abenteuerlust und Freundschaftsneigung, die sie sich im nachhinein nur schwer erklären konnte. Sie hatte, gehorsam halb und halb aus Wißbegierde, den Katzentransport von Ostia über Southampton nach Birmingham begleitet und sich dem Doktor dort als Tierliebhaberin und stellungsuchende Expertin vorgestellt, was dieser mit einem wohlwollenden Lippenschürzen zur Kenntnis genommen hatte. Nun folgte sie dem ihr beschwingt geschäftig vorauswehenden Mantelmann in seine weltabgeschiedenen Verliese und hatte zugleich das Gefühl, daß sie noch nicht am Ziel ihrer wirklichen Wünsche sei. »Was mag es nur sein, das ich will«, dachte sie in einem Anflug zweifelvoller Unentschiedenheit, denn ein ihr unerklärlicher Drang ins Weite zog sie fort, wie eine andere entgegengesetzte Kraft sie in der Nähe des Doktors festhielt, planlos dem Augenblick entgegenwartend, wo der geheimnisvolle Knoten in ihrem Kopf sich zerteilen würde.

Während sie durch den schummrigen Korridor marschierten, der Doktor zielstrebig unaufmerksam und Minnie Ghinga mit vorsichtig gespitzten Zehen, fiel ihr Blick wie von ungefähr auf wunderlich geformte Behältnisse, die sich in mehreren Galerien an der Flurwand entlangreihten, dickbauchige Einmachkruken und sonderbar taillierte Demions, deren auffälligste Gemeinsamkeit in ihren kugelartig plumpen Deckelknäufen zu bestehen schien, »Katzenkopfknäufen«, wie Minnie sie beim ersten flüchtigen Hinsehen hätte nennen mögen, bis sie auf einmal erkannte – und sie konnte den Blick gar nicht so schnell abwenden, wie ihr das verschreckte Herz in der Brust zusammenschrumpfte –, die Knäufe waren vollkommen wirkliche Köpfchen, das eine mit einem ernsthaft verrunzelten M auf seiner kleinen Stirne, das andere mit drollig gestriemten Backen, das dritte mit einer pechschwarzen Augenbinde und ein viertes mit rosaroten Pinselohren, nur eben bis an den gesträubten Kragen eingemummt die ganze bunte Kompanie und, wie es schien, bewegungslos bis in die letzte lebenslustige Schwanzspitze. Der Doktor, der das versteckte Zögern hinter sich wahrgenommen hatte, wandte sich um und sah Minnie Ghinga aus verklärten Brillengläsern an. »Unsere munteren Orientierungskünstler!«, sagte er dann mit einem Unterton von Gelehrtenstolz und Erzieherfreude, »unsere mutigen Pfadfindekatzen! Wir müssen sie nur noch ein wenig auf ihr großes Abenteuer vorbereiten. Sie zunächst einmal reisetauglich machen. Ein paar unnötige und für ihre heikle Mission besonders hinderliche Hirnregionen ausblenden und statt dessen kleine Mikrotransistoren implantieren; keine Angst, mein Fräulein, die Betroffenen werden von der unscheinbaren Wesensumwandlung noch am wenigsten bemerken.« »Und diese unglücklichen Kätzchen werden niemals wieder einer Maus nachjagen oder mit einem Wollknäuel spielen?« »Unglücklich?« Der Doktor fühlte sich sichtlich mißverstanden. »Über das

Glück und das Unglück wird es letzten Endes wohl so viele Meinungen geben, wie es menschliche Hirnströme gibt. Sehen Sie nur zum Beispiel unseren stattlichen blauen Burmesen.« Doktor Honeywell nahm einen einfach gefertigten Flechtkorb aus dem Regal, öffnete ein Gittertürchen, machte freundlich miau und mio, und ein Kater trat hervor, so elastisch stolz auf seinen schlanken Beinen, so geschmeidig selbstbewußt im schieferblauen Kleid, wie Minnie Ghinga noch niemals einen eitlen Katzen-Gent gesehen hatte. Nur drei halbfingerlange Glasfiberstäbe zwischen seinen Ohren muteten ein bißchen ausgefallen unnatürlich an. Man konnte dabei freilich auch an einen etwas verwegenen Kopfputz denken, eine Pfauenkrone vielleicht oder einen indianischen Federschmuck; Minnie wußte nach einer kleinen Weile der Gewöhnung schließlich selber nicht mehr, ob sie es eine Zierde oder eine Verstümmelung nennen sollte.

»Wohlsein oder Unwohlsein, das ist die

Frage!« Wie von ungefähr zog der Doktor ein flaches weißes Etui aus seiner Manteltasche – »Unser neuer Befindlichkeitsmesser« –, ließ den Sprungdeckel absichtsvoll nah vor Minnies Nase aufschnappen, drückte einige Zahlentasten auf einem winzigfeinen Digital und hieß das Mädchen »Die Stimmungswerte unserer Zwo-acht-vier« auf einer daumengroßen Skalenscheibe ablesen. »Es ist etwas in der Mitte«, sagte Minnie mit zögerndem Ernst, während sie verständnislos auf ein zitterndes dünnes Zeigerchen blickte, das mal nach der einen, mal ein wenig nach der anderen Seite hin auswich, »es hat etwas mit Null zu tun.« »Mit Null?! Und welchen inhaltlichen Aussagewert besitzt für uns die Null im Zählbereich des Honeywell-Systems?« Da Minnie nichts zu antworten wußte und den Doktor nur aus ahnungsleeren Augen ansah, fuhr dieser mit jener ungeduldigen Belehrsamkeit fort, die ein besonderes Kennzeichen ist des allem menschlichen Mitverständnis kühn enteilenden Fortschrittsstrebens: »Die Null steht selbstverständlich für neutral, normal. Die Bezeichnung normal kann jederzeit durch die deckungsgleichen Wörter ausreichend oder befriedigend übersetzt werden. Die Note befriedigend bedeutet in Anbetracht der herrschenden Laborbedingungen soviel wie gut. In der Tendenz gesehen sogar sehr gut. Sie sehen also, mein liebes kleines Fräulein, daß unser Burmese sich in einer blendenden Verfassung befindet.« Trotzdem schien der Befund den stets zu optimistischen Betrachtungen aufgelegten Doktor Honeywell nicht sonderlich zufriedenzustellen. Seine eben noch globusglatte Stirn verfältelte sich unmutig, ein Stück zerknittertes Zeitungspapier mit lauter unfreiwillig versetzten Zeilen darin, und mit einer herrisch laschen Bewegung von drei grauroten Doktorfingern winkte er seine beiden Probekandidaten in ein nebengelegenes Arbeitszimmer ein.

»Und nun, Miss Ginger, erleben Sie die Wissenschaft noch einmal von ihrer anderen

Seite.« Doktor Honeywell trat vor ein etwa hüfthohes Schaltpult mit so vielen Löchern und Stöpseln und Knöpfen und Drähten und Anzeigeskalen darauf, daß Minnie ganz gesprenkelt bunt zumute wurde. Dann wurde hier gedrückt und dort gedreht und irgendwo ein Schieber hochgezogen. Dann ein letzter prüfender Blick auf den Blauen Burmesen geworfen, der es sich zwanglos in einer Formularablage bequem gemacht hatte. Dann – sehr behutsam – eine vorbestimmte Zahlenkombination gedrückt und ein mit rotem Plastikband umwundenes Hebelchen verstellt, und – »Schauen Sie hin, die Skalen lügen nicht!« – blausilbern wie ein unerwarteter Februarblitz fuhr der Kater aus seinem gemütlichen Ablagefach heraus und mit einem mächtigen Zickzacksatz zwischen Doktor Honeywells jäh ausscherende Beine.

»Najanun«, sagte der, den Anschein eines eigenen Erstaunens klug vermeidend, »mit diesem Gerät erzeuge ich Ihnen in jeder beliebigen

Katze praktisch jedes Gefühl, das Sie wollen. Nehmen wir beispielsweise nur einmal die sogenannte Lebenslust. Sie kann – was zu beweisen war – zu jedem von uns bestimmten Zeitpunkt über Knopfdruck abgerufen werden. Desgleichen bedeutet die Animation der Freßlust oder des Schlafbedürfnisses schon seit Jahren kein Problem mehr für die Wissenschaftler des Honeywell-Instituts. Auch den Geschlechtstrieb haben wir mittlerweile so sicher in den Griff bekommen wie die für ihn verantwortlichen Nervenzentren. Ja, die Folgsamkeit selbst wie auch ihr Gegenteil, der Ungehorsam und das leidenschaftliche Sichzurwehrsetzen, werden unweigerlich zu einer Funktion Ihres niedlichen kleinen Zeigefingers, wofern Sie nur die richtigen Daten eingeben und die passende Codenummer wählen.« Die Vielfalt der angezeigten Möglichkeiten und der ungläubig aufgebrachte Blick seiner Hospitantin schienen den Doktor dabei so mächtig anzuregen, daß er in schöpferischer Unrast auf dem Digital herumtrommelte, und – auf! bäumte sich der Burmese für den Bruchteil einer Sekunde und – nieder! fiel er wieder auf die Balatumfliesen, in den Staub, und – hoch! riß es ihn in unfreiwilliger Daseinsfreude an der Eskaladierwand eines Datenspeichers, wie es ihn einen Augenaufschlag später wieder auf den Bauch warf. Minnie Ghinga jedoch, die solche schauerlichen Kunststücke noch nie gesehen hatte, weder bei dem erfindungsreichen Magier Rhama Singh noch bei der wundermächtigen Schamanin Kattia Khadaveri, entsetzte sich bei dem Tanz des armen kleinen Flaschenteufels so sehr, daß sie vollkommen unüberlegt ans Mischpult sprang und mit zehn auseinandergespreizten Abwehrfingern in die Tastatur griff. »Um Gottes willen!« schrie der Doktor Honeywell ihr mitten ins erstarrte Ungesicht, »jetzt haben Sie uns doch wirklich unser hübsches kleines Wunderwerk kaputtgemacht!« Als er allerdings sah, daß das Mädchen angesichts des krumm verstummten Katers in die äußerste Zimmerecke auswich, unter einem Präpariertisch verschwand und mit den Fingernägeln-Vorderklauen seltsam scharrende Bewegungen auf der genoppten grünen Gummimatte ausführte, spitzte sein Blick sich unversehens zur Kanüle vor, die irgendwie irgendwo ihre passende Einstichstelle suchte, und durch die unwillkürlich entblößten Schneidezähne entwich ihm ein unendlich erstauntes »interessant – interessant« –

Dreizehntes Kapitel
Auf Wiedersehen in Kenilworth ...

Ting-tong, ting und tong, Damnio sah und hörte alles, er war sich nur nicht recht klar, ob es in oder außer ihm war, ting-tong, ting und tong, die blaßroten Tropfen fielen in gleichmäßigen Abständen vom Pipettenschnabel in eine wellende Flüssigkeit, und die Wirklichkeit löste sich auf. Vom Nebenzimmer her drangen dennoch deutlich voneinander abgehoben Stimmen an sein Ohr, eine hellrosa läutende, die ihm von einem fremden fernen Stern her bekannt schien, und eine gleichmütig rädernde, die pünktelte seine Schicksalslinien vor ihm aus. »Wir haben für diesen Versuch nur ältere und lebenserfahrene Tiere ausgesucht«, sagte unabweislich die Schicksalsstimme, »weil der kätzische Heimfindesinn erst in späteren Jahren richtig zur Reife kommt. Eine brauchbare Scoutkatze kann für uns getrost ihre sechs sieben Jahre auf dem Buckel haben – was einem Zeitraum sagen wir einmal von fünfunddreißig Menschenjahren entspricht –, aber ich schwöre Ihnen, Miss Ginger, wenn nur zwei oder drei von ihnen einen Weg zurück nach Hause finden, haben wir den Anfang eines Ariadnefadens in der Hand, der uns bis in die tiefsten Labyrinthe aller Heimatkunde führen wird.« Damnio hörte eine Tür klappen, als fiele sie in seinem eigenen Ohr ins Schloß. Metallene Gegenstände – Zangen? Pinzetten? Scheren und Skalpelle? – glitten klippernd in seine offen ausgebreitete Hirnschale. Schubladen wurden geöffnet und wieder geschlossen direkt hinter seinen Schläfen, und Papiere so leibhaftig laut zerknüllt und zerrissen, als handele es sich um einen Fetzen Haut aus seiner eigenen Brust. Er empfand freilich gar keinen Schmerz, nur ein Gefühl, als ob sich alles Rauschen, Summen, Knistern und Geklirr der weiten Welt bedeutungsvoll auf seine kleine Existenz bezöge. Ohne weiteres Zutun quollen dabei ein paar nebensächliche Sätze des Doktors zu eigenen Überlegungen in ihm auf. Wenn er sich vorzustellen bemühte, daß ein Katzenjahr so viel wie sieben Menschenjahre zählte, und wenn das Vergleichsrechnen nicht bloß schierer Schwindel war, könnte es dann nicht auch sein, daß er als älterer und vielleicht mild verwirrter Herr in den Ruinen von Kenilworth erwachen und sich im Kreise seiner ehemaligen Bekannten niemals wieder heimisch fühlen würde? Er sah sich schon dastehn, gebeugt, an die ewigrote Sandsteinmauer gelehnt und vom immergrünen Efeu umgeben, ein hilfesuchender Fremdling eher als ein aufgekratzter und um keine witzige Auskunft verlegener Fremdenführer, aber statt des erhofften »Oho« und »Aha« und »Da ist er ja, unser unfreiwilliger Weltenbummler« drang nun ein mißverständlich hämisches Getuschel an sein Ohr, und statt in ahnungsvoll erleuchtete Gesichter blickte er auf sorgenvoll verzogene Stirnen mit bedenklich gerieften Gedankenstrichen darin.

Eine weitere Anwehung ließ ihn vollends an dem guten Ausgang der Geschichte zweifeln. Wer, ach wer auf der Welt würde schließlich die Hand ins Feuer legen können für ein menschliches Herz, das heimlich ein kätzisches war, und was stand ihm noch alles bevor, wenn seine Mitverwunschene den Weg zurück nach Kenilworth gar nicht gesucht und nicht gefunden hatte. In seinem grau verhangenen Geist wandelte sie bereits weltvergessen und lebenslustig an der Seite eines flotten Menschenjünglings einher, während er – er wagte es kaum zu denken, aber er dachte es – als dummer Kater weitergeistern würde, wo er einmal der Kastellan gewesen war. »Mäckdämm!« knarzte er vor sich hin, wie eine Katze so knarzt oder knurrt, wenn ihr der Ausgang verstellt oder der Durchschlupf verweigert wird, und »mäckdämm« noch einmal dringender und jämmerlicher, und »mäckdämm-mäckdämm« nun schon gänzlich verzweifelt und aufgelöst, aber bei seinem letzten erbarmungswürdigen Ohnmachtslaut öffnete sich auf einmal flügelleicht die schwere kommißgrüne Bunkertür, und eine Erscheinung seiner tiefsten Träume trat ins Bild.

Als ob sie ihn lange gesucht und endlich gefunden habe, schritt Minnie Ghinga auf den ungestalten Glasballon zu, der Damnios neue Heimat, der sein Schutzkokon und sein Gefängnis war, kniete sich vor ihn hin und flüsterte ihm vielversprechend zu: »So sollst denn auch du von deiner Zwangsgestalt entbunden werden.« Damnio erschauerte auf eine süß verwunschene Weise. Sein Blick strömte über in ihren Blick, ein goldener Lichtbogen zwischen ihren hell entzückten Augen ausgespannt, eine Brücke aus dem reinsten feinsten Wesensstoff, man mochte sich wahrhaft nicht ausmalen, daß sie jemals abreißen würde. Damnio schloß entgeistert beseligt die Augen, da faßte sich das holde Bild wie ein ihm ganz allein gehöriges Strahlen-Medaillon. Er öffnete die Pupillen, da leuchtete ihr Gesicht ihm neu belebt entgegen. Wie ein tief verschlungenes Rätsel saßen sie sich gegenüber, ein Rätsel ohne einen genauen Sinn und ohne Anfang und Auflösung, aber während ihm noch war, als würde er bei vollem Bewußtsein die Besinnung verlieren, huschten auf leichten Baumwollflockenpfötchen die zwanzig oder dreißig Kätzchen in den Quarantäneraum herein – die hatte Minnie kurzerhand aus ihren Gelassen befreit –, und ohne sich weiter zu erklären, begann sie, die Zwingen loszuschrauben und die Drains zu lockern, die Damnio an sein künstliches Körpergehäuse fesselten.

So plötzlich von allen hinderlichen Banden befreit, aber auch von den vielen Versorgungsschläuchen, die ihn mit nährenden Gasen und erhebenden Flüssigkeiten unterhalten hatten, duselte Damnio sehr belanglos vor sich hin.

Minnie Ghinga freilich kam erst richtig in Fahrt. Riß mutwillig die Markisen vor den Fenstern herunter und entriegelte die Sicherheitstüren. Räumte Absperrgatter beiseite und trat hinderliche Trennscheiben ein. Stürzte schließlich sogar noch einige Regalwände um und suchte in den verborgensten Winkeln und Abseiten nach vergessenen Gefangenen, es war eine Lust, sie so ausschweifend wirken zu sehen, und ein Vergnügen, die nach allen Seiten entwitschenden Schwänze zu verfolgen. Als die Katzenkollegen schon längst durch all die schönen neuen Freiheitspforten entschwunden waren, hatte nur unser Freund noch mit den mehrerlei Giften zu kämpfen, die seinen Sinn gefangenhielten, den künstlichen Schwebstoffen, die seine Seele trügerisch vernebelten, und den Erlösungswonnen eines unvermittelt in die Freiheit entrissenen Gefangenen; so entging ihm beinah, daß Minnie Ghinga ihn entschlossen in die Arme nahm, sich hurtig aufs Fensterbrett schwang, dem mit hunderttausend grünen Hoffnungshänden winkenden Kastanienbaum bestätigend zunickte, und ehe der Kater auch nur den Ansatz eines Entschlusses wahrgenommen, saßen die beiden Vertrauten bereits oben im Gipfelwerk des Baumes.

Vom Hof her kam einiger Lärm. Schreie und aufgebrachte Rufe, die Katzen sind fort, die Fremde hat sie freigelassen, die Gitter zu, die Duftschleusen auf, die Hunde los, die Nebellampen an, Minnie Ghinga wußte für einige bange Sekunden wirklich nicht recht, ob sie sich fürchten oder freuen sollte. Den immer noch reichlich benommenen Damnio fest in ihren Armen, arbeitete sie sich empor bis ins zarteste feinste Höhengezweig, gefiel sich aber schon bald in dreisten Natursprüngen und aberwitzigen Kunstfiguren, feixte dem Damnio ins kreuzweis verzogene Gesicht, als ob sie sagen wolle »Wir zwei nicht wahr? Wir zwei Verrückten gegen die ganze vernünftige Welt!« und wippte schon wieder verwegen auf einem federnden Ast herum, mit weit ausholendem Blick das wundersame Hochseil ins Auge fassend, das die Station freischwebend überspannte und, über alle Mauern und Hindernisse hinweg, auf einen außerhalb der Internierungsanstalt eingepflanzten Klettermast zuführte. Das war das große, alle irdischen Bedrängnisse überflügelnde Manege-frei-Gefühl. Das war die weltvergessene Vorausnahme der Levitations- und Überlebensnummer in der Phantasie des Exzentrikkünstlers. Nur der letzte Hauch ihrer Sohlen trennte Minnie noch von der explosiven Entäußerung aller ihrer Kräfte in den himmelstrebenden Befreiungssalto, als sich ihr grauer Huckauf plötzlich der Umklammerung entwand, und – einmal – zweimal – dreimal tatzte der Kater seiner Partnerin in das gelöst entschlossene Gesicht. Himmel! was alles hatte er ihr nicht zurufen wollen schneller als in Windeseile, »Achtung Hochspannung!« und »Vorsicht Starkstrom« und »Verdammtnochmal, die Überland...« Und was hätte er ihr nicht lieber angetan und zugedeihen lassen als diese bittern Krallenhiebe über Mund und Wangen. Minnie Ghinga jedoch, wiewohl sie nicht den kleinsten Sinn in seinem tollen Anfall sah, erkannte auf einen kurzen Blick die Zeichen einer äußersten Gefahr. Ohne eine Sekunde zu zaudern, ließ sie sich am Baum herab- und in die wirr belebte Arena hinuntergleiten, wo die verblüfften Graukittel gleich wie kopflose Hühner auseinanderstoben, und als die pneumatischen Türen sich schon rucksend schluffzend zu schließen begannen, entschwand sie mit ihrer Beute in dem herzerwärmend undurchsichtigen Nebelnachmittag.

Was gelernt war, war gewesen, was auf sie zukam, war das Nieerprobte, darin bahnten sie sich einen Weg mit all ihren kleinen Kräften. Pirschten sich durch die Furchen blauweiß blühender Kartoffelfelder und durch enge Roggenschneisen, immer dicht an der brausenden A 34 entlang, bis zur Abfahrt Hockley Heath. Durchschwammen den Grand-Union-Canal unterhalb von Kingswood Brook, ängstlich bedacht, den Eindruck eines heimlichen Liebespaares zu vermeiden, und drangen östlich von Baddesley Clinton in den uralten Sachsenforst ein mit seinen grau gestauchten Steineichen und seinen haushoch aufgeworfenen Stechapfelhecken. Schliefen in der Nacht vom 17. auf den 18. August im vermauerten Klosterfrieden der Benediktinerabtei zu Wroxall, brachen aber noch vor Morgen wieder auf und hielten auf Beausale zu, die Nasen ahnungsvoll gegen Nordnordost gespitzt, die Füße weiter brav nach Südsüdwest gerichtet, bis sie um die Mittagszeit den Inchfordbach erreichten, dem Minnie eine kleine rote Holzperle und Damnio all seine guten Wünsche anvertraute. Als sie in das angrenzende Jagdrevier vorstießen, besorgt, womöglich selber als jagdbares Wild zu erscheinen, rasselte aus einem Erlendickicht der fette Flugkörper eines bunten Fasanenhahns ins Licht und war bereits gefangen und erlegt, eh er noch richtig ins Schwirren geraten war.

Schließlich, die Sonne fiel schon deutlich gegen Westen ab, erreichten sie die Reste eines verödeten Bauernhofes, den Damnio unschwer als eine aufgegebene Niederlassung der Fernhill-Farm erkannte, das schien ihm ein gutes Zeichen, er konnte es nur nicht recht ausdrücken. Mit Menschenworten nicht und gar schon nicht mit Katzenlauten.

Minnie Ghinga war nicht umständlich. Mit den bengalischen Zündhölzern, die sie sorgsam gehütet und bei sich getragen hatte wie eine Erinnerung an ein vergangenes Leben, zauberte sie auf der Stelle ein munteres Feuerchen hervor und fütterte es mit trockenem Tannenreisig. Der ausgehungerte Kamin tat einen tiefen Schnaufer, beinah einen richtigen Freudensprung, als er sich so plötzlich wieder angefeuert sah, und prustete noch wiederholt ein herzliches »Willkommen« in die kahle Kammer. Minnie Ghinga brockte noch etwas herumliegendes Holz in die frisch entflammte Glut, dann entfiederte sie, ohne seiner Schönheit besonders zu achten, den fetten bunten Fasan, öffnete seinen Leib geschickt mit einem perlmutten Federmesserchen, fing die Eingeweide in einer abgestoßenen blauen Emailleschüssel auf, die sich in einem verkoteten Spelzenhaufen gefunden hatte, zog dem Tier einen kräftigen Draht durch den bleichen feisten Balg und hängte es mit dem Bug nach unten über dem Feuerchen auf. Die Flammen haschten auch sogleich interessiert nach den stehengebliebenen Federstümpfen, und ein berauschender Geruch nach Angebranntem erfüllte die Stube wie ein Vorgeschmack des ewigen Schlaraffenlandes. So hätte die Zeit gern stillstehen können! Im Türrahmen döste ein verkrautetes Gärtchen wunschlos vor sich hin – vier fünf verschränkte Bohnenstangen, von Wicken begrünt und mit lila Blüten behangen. Zwei Goldammern verhedderten sich in der blaugrauen Vorabendluft und fetzten wieder auseinander, als hätten sie sich nie getroffen, nie gesehen. Damnios Hoffnungen selbst verloren allmählich jede feste Gestalt, sie huschten nur so dahin wie Vogelschatten hinter geschlossenen Augenlidern: daß dieser feine Lufthauch gegen seine Stirne ewig weiterwehen möge und das zarte Kritzelkratzen eines Fingernagels unter seinem Kinn niemals ein Ende finde.

Der Fasan war noch lange nicht gar und duftete bereits wie der lieblichste Paradiesesvogel, als Minnie Ghinga schon ein Stück aus seinem krossen Bug herausschnitt. Die beiden hungrigen Zigeuner kamen denn auch bald vom vorsichtigen Probieren ins hastige Schlingen und vom Nagen ins Fressen, eines blickte dem anderen verzückt aufs golden triefende Mäulchen und freute sich, wie es ihm schmeckte. Je mehr sie aber stopften und quosten und schlemmten, um so schwerer wurden Minnie Ghingas Gedanken, um so fürchterlicher schien ihr jede Vorstellung von einem Fortgang der Geschichte. Wenn das Schicksal hier jetzt einfach einen Schlußpunkt setzen würde, dachte sie, oder doch einen unermüdlich langen Gedankenstrich ziehen, dann möchte es gerade so recht sein. Wenn man morgen den heutigen Tag noch einmal beginnen lassen könnte und am übernächsten den gestrigen, dann käme vielleicht doch etwas Sinn in diesen rasenden Verlauf. Alles hastete wie auf Siebenmeilensohlen auf einen Zustand zu, der kein guter alter mehr war, aber auch kein richtiger neuer – die Stunde der Entwandlung, wie Minnie ihn ahnungsvoll nannte –, doch wie es im Leben so geht, zogen die vielen wirren Träume alsbald den wirklichen Schlaf nach sich.

Als die beiden Heimzügler so einmütig erwachten, wie sie entschlummert waren, sichelte der Mond bereits im himmlischen Baumwollfeld. Sie erhoben sich in bedächtiger Gemeinsamkeit, reckten beide zugleich die Glieder und gähnten wie aus einem Munde in die langsam verdämmernde Eichenglut hinein, dann traten sie Seite an Seite in die Nacht hinaus und folgten einem dünnen Wanderpfad, der seinen eigenen Umweg auf das Schloß zu nahm. Nach einer Weile des stummen Trabens und Trottens sahen sie rechts von sich einen silberschwarzen Weiher hingebreitet, auf dem der Mond sich treiben ließ, bedächtig und gar nicht mehr so, als ob er ein unaufschiebbares Nachtwerk zu verrichten hätte. Nach einer weiteren Weile stellte sich ihnen ein verrucht verwunschenes Liebespaar in den Weg, bei dem sie sich kopfschüttelnd fragten, ob solche ausgefallene Verbindung noch zu dulden wäre: ein krüppliger Bergahorn und eine kindliche Silberbirke mit verschlungenen Zweigen und Sinnen. So begegnete ihnen die nächtliche Natur auf Schritt und Tritt verwandelt und aus der Art geschlagen, bis sie am Ende vor einer ertrunkenen Wiese standen, die in uralten Zeiten einmal ein richtiger See gewesen war, nun trügerisch verlandet und ein haltloser Verband von Binsenbüscheln eher denn ein tragfähiger Rasenteppich. Trotzdem machte Minnie sich eine Lust und eine Kunst daraus, von Büschel zu Büschel zu springen, um zum Inchfordbach zu gelangen, der in naher Ferne gurgelnd eine Brücke unterlief, und »Heh, aufgepaßt!« und »Hierher an den Rain« herrschte sie aufgebracht der landeskundige Damnio an, denn nichts sieht ein gewesener Fremdenführer so ungern, wie wenn ein Leichtfuß sich aus Torheit in Gefahr begibt. Minnie folgte auch sogleich dem Befehl, ein wenig eingeschnappt vielleicht, ein bißchen beleidigt wegen des geringen Vertrauens in ihre beispiellosen Balancierkünste, doch erst als sie nach einigen fintierten Ausgleitern und einigen besonders herausfordernd gesetzten Tanzschritten wieder festen Boden unter ihren Füßen spürte, fuhr ihr – und das wie ein Schuß, wie ein Schlag, wie ein Blitz – der Wortlaut der zunächst ganz automatisch befolgten Warnung ins Bewußtsein. »Heh, aufgepaßt« – hatte es wirklich so geheißen? »Hierher an den Rain!« – hatte sie es so vernommen und gewiß nichts anderes? Aus fassungslos verworrenen Augen blickte Minnie Ghinga den zitterstarren Damnio zu ihren Füßen an, und ebenso verblüfft und wahnsinnsnahe schaute der zurück, das aufgelöste Mädchen und den ganzen schwammigen Grund mit einem einzigen wäßrig fragenden Blick umfangend.

Minnie Ghinga, die schöne Tänzerin, die nicht zu halten war und die kein Mensch bislang an sich gefesselt hatte, und Damnio / McDamn, der sich ihr Bild bewahren wollte bis ans Ende aller Zeiten, strebten dem Inchfordbach entgegen wie der kleinste Trauerzug der Welt. Stumm, zag, nach innen gekehrt und ohne einen freundlichen Gedanken an das Wiedersehn, drückten sie sich an einem Weißdornhang entlang, der unausweichlich auf das wohlbekannte Flüßchen zuführte. Wortlos und ahnungsschwer betraten sie das traut verwackelte Backsteinbrückchen, das den Weg nach Kenilworth eröffnete und ihre Rückkehr unumkehrbar machte. Sie wagten nicht einmal sich anzusehen und stierten nur immer wieder ihre Spiegelbilder an, wie sie das Wasser auseinanderriß und wieder glättete und neu verrunzelte, jedes auf seine eigene Art besorgt, mit einem aberwitzigen Gedanken in die Nähe des Unausdenkbaren zu geraten. War es denn vorstellbar, daß Minnie Ghingas fein gesponnenes Wesen wieder dick verpelzte und ihre unnachahmlich niedliche Gestalt sich gegen eine frühere und kätzische vertauschte? Hieß es nicht Wahnsinn auch für unseren Damnio/McDamn, auf einen zauberischen Schlag die freundliche Gefährtin zu verlieren und selbst als alter Mann ein neues Leben zu beginnen? Der trübe Gedanke spann sich ihm im Moment zu einem endlos grauen Unheilsfaden aus mit jämmerlichen Behördengängen hier und entwürdigenden Aufenthalten auf Polizeistationen und in Ausnüchterungszellen dort, und als sein abgrundtiefer Blick in die Zukunft ihn am Ende noch ein Schreckensreich erschauen ließ, wo verworrene Schicksalsknoten chemisch gelöst und eigentümliche Charakterzacken mit dem Skalpell begradigt wurden, da sprach er für sich und seine ihm noch verbliebene Zeit entschieden: »Komm, laß uns zurück zu unserer vertrauten Feuerstelle gehen und uns ein anderes Leben überlegen.« Minnie Ghinga jedoch, die immer noch reichlich unklar in die haltlosen Wasser starrte und die zwinkernden Mondaugen zählte, antwortete einfach nur »mja« und »minija«, was sowohl »ja« und »nein« als auch »ich weiß nicht« heißen konnte, weshalb der plötzlich wieder hellewache Damnio sie unsanft mit dem Schädelchen gegen die Ferse stieß: »Kommkomm. Das Leben wird sonst niemals wieder werden, was es gerade ist.«

Mal zügig schnürend, mal auch wieder zottelnd und mit schleifenden Gedanken, bewegten sich die beiden hart am Knick entlang bis zu der Stelle, wo der Bergahorn sich seiner Birke hinblätterte und wo die Birke all ihre schönen Haare für ihn niederließ, dort war an einem roh gezimmerten Weidezaun die Welt von Kenilworth zu Ende. Dort endete auch der Grund, in dem die Eigenschaften sich zu vertauschen begannen und die vergessene Vergangenheit sich langsam wieder in ihre zweigeteilten Seelen einschlich, und als Minnie Ghinga sich über den Gattertritt geschwungen und Damnio sich zwischen den Bohlen hindurchgezwängt hatte, schlugen die Stimmen unserer Freunde wieder um, und Minnie sagte sehr entschieden und sehr hochgemut: »Dann machen wir zwei uns eben das verrückteste Leben von der Welt.« Damnio blickte zu ihr empor wie zu seinem Sonnenauf- und Sonnenuntergang. So würden sie denn einfach bleiben, was sie waren, und ohne Scham und Bangen sein, was niemand mehr verstand. Eigentlich etwas wie ein Ungeheuer. Ein chimärisches Wesen auf sechs Beinen und mit vier zusammengehörigen Ohren und Augen, die freilich kein normaler Betrachter sich zusammenreimen konnte, denn was auf Erden beliebt der Mensch nicht alles auseinanderzusehen, das heimlich und von Himmels wegen zusammengehört. Minnie Ghinga freilich, die keine solche philosophisch ausgeprägte Natur war, sagte einfach nur: »Mit uns soll die Welt noch mal ihr blaues Wunder erleben.«

Was es darüber hinaus noch viel zu erzählen gibt? Laßt es mich so sagen. Als ich vor einiger Zeit nach England kam, wohin mich dringende Geschäfte und abgelegene Studien geführt hatten – die Erforschung des insularen Rutengängerwesens, der Handauflegekünste, des Gespensterexorzierens und des sogenannten Zweiten Gesichtes –, da kehrte ich eines Abends in einem Dorfgasthaus ein, das den ausgefallenen Namen »Zu den zwei Katzen« führte. Der Wirt, ein etwas verschmitzt-verkrumpelt wirkender Mann um die Fünfzig, dessen efeugrüne Schankschürze eindrucksvoll von dem rotsponfarbenen Geäder an seinen Nasenflügeln abstach, hatte schon die Tür schließen wollen, vielleicht, weil er einmal im Leben der Sperrstunde hatte Genüge tun wollen, vielleicht auch bloß, weil er die Müdigkeit seines Logiergastes teilte, als ein nicht gerade gewöhnliches

Pärchen noch um Einlaß bat: eine schöne junge Frau mit Haaren aus gesponnenem Bernstein und ein wackersteingrauer Kater, der um seinen Hals ein orientalisch oder indisch besticktes Bändchen trug. Man ließ sich nieder, ich möchte sagen, eigentlich wie unbekannt. Man wurde dennoch bewirtet wie bestellt und gern gesehen. Man tauschte, als ob noch viel Zeit im Hause sei, ganz umstandslos die Plätze und rückte näher an den vierschrötigen Kamin heran, in dem ein schläfriges Feuerchen still vor sich hin gnuckste; der Eindruck einer allgemeinen trägen Behaglichkeit nur hin und wieder durch geringe Holzgasexplosionen mit ihren unberechenbaren Funkenwerken unterbrochen. Dabei schien es mir auffällig oder doch bemerkenswert, wie liebreich meine Fremde mit dem unscheinbaren Katzenwesen umging. Nicht nur, daß sie ihm freizügig von ihrem Roastbeef abgab und auch an der Remouladensoße nicht sparte. Nach jedem Schluck oder doch nach jedem zweiten tauchte sie ihren

Finger in ihr Ginglas ein und reichte ihn dem Kater dar, der sich im Laufe der Mahlzeit richtiggehend daran beschleckte.

Diese wechselseitige Zutraulichkeit war in einem gewissen Grade sogar ansteckend. Ohne anzüglich werden zu wollen, was bei mir wohl nicht immer der Fall ist, hob ich in einer plötzlichen Anwandlung von Tier- und Menschenliebe mein Glas, prostete den beiden ungleichen Gefährten wohlgefällig zu und ließ mich durch einen – wie soll ich sagen – winkenden oder löffelnden Blick der Dame ziemlich überlegungslos verleiten, mich zu den beiden an den Tisch zu setzen. Als der Wirt den Rolladen vor seinem Flaschenregal schon halb heruntergelassen hatte, denn die Polizeistunde war bereits gehörig überschritten, und wenn man der Standuhr in ihrem gerieften Tower-Gehäuse trauen wollte, dann rückte der Zeiger schon bedrohlich auf die Zwölfe zu, da kamen wir über die Geisterstunde im allgemeinen sehr bald auf Geister und Gespenster im besonderen zu sprechen, denen galt meine höchstberuflich gerechtfertigte Aufmerksamkeit. Die junge Dame hatte durchaus das, was man einen guten Zug nennt. Wir tranken hin, tranken her, kamen vom Spiritismus unversehens zur Spirituosenkunde und wieder zurück, ließen auch dem Kater sein Teil, der seine Probierkralle mal in das eine, mal in das andre Glas tunkte, bis wir in einen Zustand eigenartiger Dreieinigkeit gerieten, von dem ich heute nicht mehr zu sagen weiß, wer den Kopf die längste Zeit oben behielt. Über mich selbst kann ich nur ein wenig kleinlaut berichten, daß ich ziemlich ausladend dartat, wie weiträumig ich die Welt bereist. Es war, als ob die Erde sich allmählich in eine groß und größer werdende Seifenblase verwandelte, die zitternd an meinen unaufhörlich sie beatmenden Lippen hing; nur daß ich am Ende nicht mehr recht wußte, auf welchem Meridian wir gerade spielten und was bereits erzählt und was vielleicht an anderer Stelle berichtet worden war. Als die Wunder mit jedem weiteren

Glase farbiger wurden und ich, nachdem ich ausgiebig bei arabischen Derwischen und mexikanischen Kaktuspriestern und balinesischen Teufelsaustreibern und niedersächsischen Fliegenpilzfeen verweilt, auf eine Kartenschlägerin und Wahrsagerin aus dem Reich der Morgenstille zu sprechen kam, stieg ein seltsamer Glanz in die Augen der jungen Frau, die sich Mini Gina oder auch Miss Ginglass nannte, und sie fragte mich scheinbar ganz nebenhin, ob ich nicht einen Blick in meine eigene Zukunft werfen möchte.

Nun scheue ich nichts so sehr wie gerade solche Blicke. Die Zukunft möge mir um Gottes und aller guten Geister willen verhangen bleiben, und obwohl ich selbst durchaus in der Lage war, die Aussichten meines verdammt geliebten Vaterlandes aus dem Zeitungsabsud zu lesen, zog ich es vor, mir meine eigenen Perspektiven frei zu halten. Ich bat also, es in diesem persönlichen Fall beim einfachen Wahrsagen bewenden zu lassen, das heißt, bei einem charakterologischen Gutachten, worein das schöne Fräulein Ginglass ohne weiteres einwilligte. Sie zog auch sogleich ein in geprägtes Saffianleder gebundenes Notizbüchlein aus ihrem Chiromanten-Necessaire, fragte nach meinem Namen, meinem Alter, meinen allgemeinen Begleitumständen, übersetzte sich meine trockenen Angaben in mir rätselhaft erscheinende Zahlen und Zeichen, riß das Blättchen kurzerhand heraus, forschte weiter, fragte fort, kniffte den Zettel mal so und mal so, daß er mir zunächst wie ein Liebesbriefchen, dann auch wieder wie ein Fidibus erschien, und hieß mich am Schluß der Vorbereitung meinen Namenszug in die rechte untere Ecke setzen. Den klemmte ich so schwungvoll wie möglich auf den schmalen verbliebenen Platz.

Zum Lohn für mein eifriges Mithalten wurde mir freilich eine Deutung meines Geisteszustandes zuteil, die auch in nüchterneren Stunden meine volle Billigung gefunden hätte. Ich entfaltete mich auf dem Zauberpapier als das, was ich wirklich war: eine großmütige und der richtigen rasenden Welt unendlich aufgeschlossene Natur, die nur in Dingen der verweigerten Gerechtigkeit engherzig bis zur Intoleranz erscheinen konnte; beim ersten flüchtigen Kennenlernen eher schüchtern und in mich gekehrt, war ich doch ein von Herzen gemütlicher Kerl, der seine schönsten Geisteskräfte an das Glück einer flüchtigen Stunde zu verschwenden wußte und seine reich verfältelte Seele gern vor seinen lieben Trinkkumpanen ausbreitete; auch zählte ich gewiß zu jenen raren Individuen, die, vom Heiligen Geist der Aufklärung besessen, nicht eher ruhten, bis sie einen faulen Zauber aufgedeckt und einem Staatsgeheimnis auf den Grund gekommen waren, dennoch vor dem Okkulten mich verneigend und den allerletzten Lebensrätseln gegenüber demutsvoll beklommen; kurzum, es war ein erfüllter Abend, ehe die Flaschen noch geleert waren. Ich bemühte mich sogar, all diese meine edlen Charakterzüge umgehend leuchten zu lassen und mal gerafft in mich gekehrt, mal wieder überraschend offenherzig zu erscheinen, wobei ich nach einem herzlich heftigen »Prost« und »Nastrowje« und »Gambé« und »Cheers« und »Chinchin« zufällig zielgerichtet die Tatze des Katers berührte, um dann wie von ungefähr meinen Zeige- an Miss Ginglass' kleinem Mittelfinger entlangstreifen zu lassen, und – ja! – wenn das kein Zeichen war des tiefsten magischen Einverständnisses, daß bei der zierlichen Berührung gleich ein silberblauer Blitzesfunken übersprang von ihrer Hand zu meiner Hand! Es war schon ein elektrischer Schlag, der mich durchzuckte, anders mir sicher nicht solch ein dickplumpes »Hoppla« und ein nicht minder gewöhnliches »Oijoijoi« entfahren wäre, was die bernsteinblonde Schönheit aber nicht im mindesten zu degoutieren schien. Sie sah mir nur groß und kühl und klar und rund und grün in meine über sich selbst erschrockenen Augen und begann mit einer Stimme wie von weitentfernt und langzuvor:

»Wissen Sie, Sie haben da so Ihre Geschichten, und die sind in Ihren Kreisen gewiß auch sehr interessant, allein, vor vielen vielen Jahren, und wenn ich sage viel, dann meine ich auch viel, da lebte auf dem Schloß Kenilworth in England...«

Als der Wirt mich am Morgen um sieben an der Schulter rüttelte, hieß es allerdings nicht »Fortsetzung folgt« oder »Und wenn sie nicht gestorben sind, dann leben sie heute noch«, sondern in einer sehr bestimmten, aufgeklärten Wohlausgeschlafenheit: »Da wären also zu begleichen – lassen Sie mich auf den Bierfilz sehen – vierunddreißig Pfund und sechsundneunzig Pennies.« Ich schaute ihn spitzig an, weil ich dachte, der Mann hätte über Nacht den Verstand verloren. Doch dann sah ich die Bierhähne glitzern so geschäftsmäßig silbrig im ernüchternden Morgenlicht, und dann traten mir die blauen Striche auf dem Deckel ins Bewußtsein unauslöschbar wie ein Menetekel, und dann faßte ich kurzentschlossen nach meiner Brieftasche über meinem Herzen, die war aber recht mager und flach, nur ein seltsames Zettelchen fand sich noch vor mit lauter magischen Zinken und Zeichen und Zahlen darauf, und als ich es irritiert umdrehte, stand dort sehr schwarz auf sehr weiß (ich übersetze aus dem Englischen): »Beratervertrag zwischen Herrn Rhama Singh – Inhaber des GLÄSERNEN LOTUS I. KLASSE und Träger des GOLDENEN MITTELFINGERS – und ... im folgenden kurz Unterzeichneter genannt. Der Unterzeichnete bestätigt hiermit, die Dienste des Herrn Rhama Singh oder eines von ihm beauftragten Stellvertreters in Anspruch genommen zu haben. Er hat sich durch seine Unterschrift mit einem Beratungshonorar von 100.– Lbs pro Stunde einverstanden erklärt und versichert, daß die Dauer der Seance von ihm selbst bestimmt worden ist. Unterzeichneter gibt weiterhin zu erkennen, daß spätere Reklamationen betr. wissenschaftlicher Zukunftsdeutung und Charakteranalyse nicht berücksichtigt werden können und daß für unvoraussehbare Schicksalsschläge kein Regreß geleistet wird.« – Kenilworth – Datum – Unterschrift –

Ich schaute unwillkürlich auf die Standuhr, auf den Zettel, auf den Wirt und überraschte mich dabei, wie es in meinem schlafverhangenen Kopf zu rechnen begann. Ich kam aber bald vom Rechnen ins Gerätsel und vom Rätseln in ein inhaltloses Sinnieren, und schließlich faßte ich mir ein Herz und fragte den im Stehen bereits dringlich werdenden Herbergsvater: »Ist Ihnen, bitteschön, ein Mister Rhama Singh bekannt?«

»Rhama Singh? Rhama Singh?« Der Wirt rang die Hände unter der Schürze, als ließe sich dort ein Knoten entwirren. Wahrhaftig knaupelte er aber längst an seiner Börse herum, hoffend, daß der verträumte Gast allmählich etwas substantieller werden würde. Dennoch antwortete er mit jenem unabdingbaren Rest an Contenance, der jeden Gläubiger vor seinem

Schuldner auszeichnet: »Der Name Singh ist hier seit kurzem gar nicht mehr so selten. Das Commonwealth, Sie wissen es, ist groß, und wenn ich mich recht erinnere, gab es da einmal einen indischen Busfahrer namens Singh – doch ob auch Rhama? Der mir bekannte Singh ist übrigens schon längst nach Coventry verzogen und hat daselbst ein Cotillon-Geschäft eröffnet.«

»Und eine – entschuldigen Sie, aber ich suche da nach sehr bestimmten Zusammenhängen – Madame Khadaveri? Kattia Khadaveri?«

»Sie kennen sich aus?! Die Frau Khadaveri war eine Zeitlang auf der Fernhill-Farm beschäftigt. Ein etwas dunkler Typ, ich meine, so vom Teint her. Wahrscheinlich südlichstes Indien. Vielleicht sogar Tamilin. Aber sagen Sie, Sir, Sie haben nicht zufällig mit Scotland Yard zu tun?«

»Bellerophon?« Ich kam allmählich ins Rasen.

»Oh, das ist eine furchtbar traurige Geschichte. Das war solch ein kleiner gefleckter Hund, den sich Studenten aus dem Urlaub mitgebracht hatten. Womöglich aus Italien. Vielleicht aus Griechenland. Es war ein besonders findiges Tier, das unentwegt irgendwelche Gegenstände apportierte und tief verborgene Knochen aus der Erde auszugraben wußte. Er ist nur leider dann sehr bald verrückt geworden und mußte von unserem Doktor Honeywell eingeschläfert werden.«

Ich brauche kaum hervorzuheben, daß der Name »Honeywell« sogleich meine sämtlichen Sinne elektrisierte. Dennoch schien mir die Wartestellung des Wirtes nicht für alle Zeit aufrechtzuhalten. Um seinen wahren Wünschen entgegenzukommen und mich zugleich seinem Mißtrauen zu entziehen, zog ich umständehalber schon einmal mein gelbes Scheckbuch heraus und machte mich an die Eintragungen. Setzte die fraglichen Pfunde in das für sie vorgesehene Kästchen ein. Wiederholte den Betrag in Worten und benannte als Ausstellungsort